AF217532

Tucholsky   Wagner   Zola   Scott   Sydow   Freud   Schlegel
   Turgenev   Wallace   Fonatne

Twain   Walther von der Vogelweide   Fouqué   Friedrich II. von Preußen
             Weber   Freiligrath   Frey
Fechner   Fichte   Weiße Rose   von Fallersleben   Kant   Ernst   Frommel
                                                        Richthofen
         Engels   Fielding   Hölderlin
   Fehrs   Faber   Flaubert   Eichendorff   Tacitus   Dumas
                                    Eliasberg   Ebner Eschenbach
   Feuerbach   Maximilian I. von Habsburg   Fock   Zweig
                      Ewald   Eliot   Vergil
         Goethe   Elisabeth von Österreich   London
Mendelssohn   Balzac   Shakespeare   Dostojewski   Ganghofer
      Trackl   Stevenson   Lichtenberg   Rathenau   Doyle   Gjellerup
   Mommsen   Tolstoi   Hambruch
         Thoma   Lenz   Droste-Hülshoff
Dach   Verne   von Arnim   Hägele   Hauff   Humboldt
         Reuter   Hauptmann
   Karrillon   Rousseau   Hagen   Gautier
             Garschin
      Damaschke   Defoe   Hebbel   Baudelaire
                     Descartes   Hegel   Kussmaul   Herder
Wolfram von Eschenbach   Dickens   Schopenhauer
      Bronner   Darwin   Melville   Grimm Jerome   Rilke   George
   Campe   Horváth   Aristoteles   Bebel   Proust
Bismarck   Vigny   Voltaire   Federer
                 Gengenbach   Barlach   Heine   Herodot
   Storm   Casanova   Tersteegen   Grillparzer   Georgy
            Chamberlain Lessing   Langbein   Gryphius
Brentano   Lafontaine
   Strachwitz   Claudius   Schiller   Kralik   Iffland Sokrates
      Katharina II. von Rußland   Bellamy   Schilling
                               Gerstäcker   Raabe   Gibbon   Tschechow
Löns   Hesse   Hoffmann   Gogol   Wilde   Gleim   Vulpius
   Luther   Heym   Hofmannsthal   Klee   Hölty Morgenstern
      Roth   Heyse   Klopstock   Goedicke
Luxemburg   La Roche   Puschkin   Homer   Kleist
   Machiavelli   Horaz   Mörike   Musil
Navarra Aurel   Musset   Kierkegaard   Kraft   Kraus
   Nestroy   Marie de France   Lamprecht   Kind   Kirchhoff   Hugo   Moltke
                              Laotse   Ipsen   Liebknecht
   Nietzsche   Nansen   Ringelnatz
      von Ossietzky Marx   Lassalle   Gorki   Klett   Leibniz
               May   vom Stein   Lawrence   Irving
Petalozzi   Knigge
      Platon   Pückler   Michelangelo   Kafka
   Sachs   Poe   Liebermann   Kock
      de Sade   Praetorius   Mistral   Zetkin

Der Verlag tradition aus Hamburg veröffentlicht in der Reihe **TREDITION CLASSICS** Werke aus mehr als zwei Jahrtausenden. Diese waren zu einem Großteil vergriffen oder nur noch antiquarisch erhältlich.

Symbolfigur für **TREDITION CLASSICS** ist Johannes Gutenberg (1400 — 1468), der Erfinder des Buchdrucks mit Metalllettern und der Druckerpresse.

Mit der Buchreihe **TREDITION CLASSICS** verfolgt tradition das Ziel, tausende Klassiker der Weltliteratur verschiedener Sprachen wieder als gedruckte Bücher aufzulegen – und das weltweit!

Die Buchreihe dient zur Bewahrung der Literatur und Förderung der Kultur. Sie trägt so dazu bei, dass viele tausend Werke nicht in Vergessenheit geraten.

Der Olhändler und die Blumenkönigin. Chinesische Novelle

Unbekannter Verfasser

Impressum

Autor: Unbekannter Verfasser
Übersetzung: Walter Strzoda
Umschlagkonzept: toepferschumann, Berlin

Verlag: tredition GmbH, Hamburg
ISBN: 978-3-8424-1360-3
Printed in Germany

Text der Originalausgabe

Unbekannter Verfasser

Der Ölhändler und die Blumenkönigin

Die Erzählung »*Wie ein einfacher Ölhändler der Blumen Königin für sich allein gewann*« ist der chinesischen Novellensammlung »Djin-Gu Tji-Guán« entnommen und aus dem chinesischen Urtext übertragen von *Walter Strzoda*. Die erste deutsche Ausgabe wurde im Herbst 1920 für den Hyperionverlag in München durch die Spamersche Buchdruckerei in Leipzig gedruckt.

Die Titelumrahmung zeichnete Emil Preetorius.

Meine Erzählung führt mich in die Zeit der großen Ssungdynastie.[1] Seit ihrer Gründung durch Tai-Dsu, welchem Tai-Dsung auf dem Throne folgte, herrschte unter den Kaisern Li, Dschuán, Tschenn, Ženn, Ying, Schenn und Dscho sieben Generationen lang Ruhe und Frieden. Danieder lag der Krieg und die Wissenschaften erhoben ihr Haupt; das Volk lebte zufrieden und glücklich und das Reich entfaltete sich zu hoher Blüte. Als aber Kaiser Hué-Dsung zur Regierung kam, welcher seinen flatterhaften Beratern Tsai-Tjing, Gao-Tjin, Yang-Djién und Dschu-Mién zu sehr vertraute, da erhoben sich allerorten prächtige Parkanlagen und kaiserliche Lustschlösser, da schwelgte man in außerordentlichen Genüssen und vernachlässigte die Regierungsgeschäfte. Das ungezählte Volk aber seufzte unter der Last und murrte, während die unterworfenen Djin[2] -Barbaren die Gelegenheit benutzten, sich zu empören und

---

[1] 960–1280 n. Chr.

[2] Ein von den Chinesen Nü-dschenn (Nurchen), von den Russen Tungusen genannter Stamm vom Oberlauf des Amur. Dieser, mit den Liao oder K'it'an verwandt, beherrschte unter dem Dynastietitel »Djin«: »golden«, den nördlichen Teil Chinas von 1115–1234, bis er dem Ansturm der Mongolen erlag.

eine ganze schöne Welt von Blumen und Seide zu zerstören. Bald kam es so weit, daß die beiden Kaiser sich den Beschwerden der Flucht auf staubigen Pfaden aussetzen mußten. Erst durch Kaiser Gao-Dsung,[3] der über den Fluß (»Yangtse«) setzte, wurde die eine Hälfte des Reiches wieder beruhigt und das Reich in Süden und Norden geteilt. Damals also war der Wohlstand des Volkes tief gesunken, und wieviel Trübsal und bitteres Leid hat es nicht in diesen vielen Jahrzehnten erdulden müssen! Wirklich, es war, wie's im Liede heißt:

> »Im Gedränge der Panzer und Pferde durchjag' ich
> mein Leben,
> Schwerter und Lanzen zu Hauf sind mein klirrendes
> Dach,
> Morden muß ich und töten, fast ist's ein Spiel nur mit
> Freunden,
> Und ich raube, als wär's lang schon mein einziges
> Fach.«

Ich erwähne unter vielen Bedrängten nur einen Mann, der im Dorfe An-Lo draußen vor der Stadt P'i-Leáng wohnte, mit Namen Hsing-Schan. Er und seine Frau, eine geborene Yüán, besaßen einen Getreideladen, in welchem sie neben dem hauptsächlichen Handel mit Zerealien und besonders Reis auch etwas Holzkohlen, Tee, Reiswein, Öl, Salz und Gemischtwaren absetzten. Es waren Leutchen in gesicherten Verhältnissen, die es zu einer gewissen Wohlhabenheit gebracht hatten. Schan-Wenn war schon über vierzig Jahre alt und hatte nur eine Tochter, welche mit dem Kindernamen Yao-Tjin hieß. Von klein auf lieblich und fein gewachsen, zeichnete sie sich schon früh durch Begabung und große Klugheit aus. Im Alter von sieben Jahren in die Dorfschule geschickt, begriff sie so schnell, daß sie wohl tausend Worte täglich herlesen konnte. Als sie zehn Jahre alt war, sang sie mit reizender Stimme Lieder, ja, machte sogar schon selbst Gedichte. Da ist besonders eines zu erwähnen,

---

[3] Begründer der südlichen Ssungdynastie (1127–1280,) welcher die Gebiete südlich vom Jang-tse beherrschte, während der Norden in den Händen der Djin war.

welches sich schnell unter den Leuten weitersprach: »Mädchenge-
danken« heißt es:

> »Der Perlenvorhang rieselt leise, leise von den goldnen
> Haken;
> Weihrauchwolken, auf und nieder, wall'n entlang die
> kühlen Wände,
> Und ich ruh' auf weichen Kissen, worein Mandari-
> nenenten
> Kunstvoll stickten einst verliebte, zarte weiße Mäd-
> chenhände.«

> »Kaum, daß ich zu rühren wage leise an die seidnen
> Pfühle,
> Fürchtend, die verliebten Vögel aufzuscheuchen aus
> den Träumen,
> Kaum, daß ich vom Docht der Lampe jene beide eng-
> gedrückten
> Glühendroten Knospenköpfchen streifen könnte ohne
> Säumen!«

Als sie aber zwölf Jahre alt geworden war, konnte sie Zither und
Schach spielen, und schreiben und malen, kurz: es gab nichts, was
sie nicht verstanden hätte; gar nicht zu reden von rein weiblichen
Fertigkeiten, in denen sie Meisterin war; denn ihre Nadel flog und
der Faden sprang mit einer Schnelligkeit, die man sich gar nicht
vorstellen konnte! Jedenfalls eine himmlische Begabung und ein
Können, das durch keinen Lehrer, kein noch so fleißiges Üben erreicht wird. Da Hsing-Schan selbst keinen Sohn hatte, trug er sich
mit dem Gedanken, einen jungen Mann zu adoptieren, der später
sein Schwiegersohn werden und ihm im Alter eine Stütze sein
könnte. Weil aber das Mädchen so klug und geschickt war und
soviel konnte, fiel es ihm recht schwer, den passenden Mann für sie
zu finden, und obwohl sehr viele Freier kamen, war sie deshalb
doch noch keinem versprochen worden.

Unglücklicherweise traf es sich, daß die Djin-Barbaren wieder
einmal in wilden Horden ins Land brachen und P'i-Leáng auf allen
vier Seiten belagerten. Obwohl es genug kaiserliche Feldherrn gab,

hatte der Reichskanzler mit ihnen Frieden geschlossen. Was aber die Barbaren durchaus nicht hinderte, noch frecher zu werden, die Hauptstadt zu zerstören und die beiden Kaiser mit Gewalt hinwegzuführen. Damals flüchtete die Bevölkerung aus der Umgebung der Stadt in größter Bestürzung und Mutlosigkeit. Alt und jung mit sich nehmend, verließ man seine Häuser, das nackte Leben zu retten. Auch Hsing-Schan schloß sich mit seiner Frau und dem zwölfjährigen Töchterchen, nachdem er noch schnell in aller Eile sein Hab und Gut zusammengerafft hatte, dem Trupp der Flüchtigen an. Wie Hunde, welche das Haus ihres Herrn verloren hatten, eilten sie aufgeregt dahin und dorthin, schnell wie die Fische, welche dem Netze entschlüpft waren. Sie litten Durst, sie litten Hunger, sie litten Entbehrungen und bitteres Leid. Der Zug wandte sich nach Norden: Aber wo war eine Heimat? Himmel, Erde und Ahnen wurden angefleht, sie vor einer Begegnung mit den Tatarenhorden zu bewahren. –

Ja, es ist doch schön, unter einem friedlichen Himmel zu leben und kein unstet und heimatlos umherirrender Mensch zu sein! –

Gerade, als sie so dahinzogen, stießen sie unvermutet auf eine Schar besiegter und zersprengter Regierungstruppen. Als diese soviel flüchtiges Volk mit ihrem Hab und Gut in Bündeln auf dem Rücken dahineilen sahen, verbreiteten sie verräterischen Sinnes das Gerücht, die Barbaren kämen, und legten längs des Weges Brände an, um ihre Täuschung wahrscheinlich zu machen.

Eben wollte der Abend hereinbrechen, und das geängstigte Volk suchte sich in wilder Verwirrung zu verbergen. Da kümmerte sich keiner mehr um den andern: Du – ich – wir gingen uns nichts mehr an! Als die allgemeine Verwirrung den Höhepunkt erreicht hatte, benutzten die geschlagenen Regierungstruppen die Gelegenheit, um nach Herzenslust zu rauben und zu plündern. Wer nicht gutwillig hergeben wollte, wurde niedergemacht. Fürwahr ein Aufstand im Aufstand und Trübsal über Trübsal! – Auch Hsing Yao-Tjin war in dem wilden Gedränge der Fliehenden zu Boden gerissen worden, und als sie sich mühsam wieder aufrichtete, sah sie die Eltern nicht mehr. Aber sie wagte nicht zu schreien, sondern verkroch sich in ein altes Grab, welches auf der Seite des Weges stand, und blieb dort die ganze Nacht. Als der Tag anbrach, kam sie hervor, Umschau zu halten, aber ihre Augen sahen nichts als Wind und Sand und Sand und Wind. Auf der Straße lagen übereinander die Leichen. Und sie wußte nicht, wohin die Leute, mit denen sie noch gestern geflohen war, sich gewandt hatten. Yao-Tjin gedachte der Eltern und weinte unaufhörlich. Sie wollte sie suchen, aber der Weg war ihr unbekannt. So blieb ihr nichts übrig, als nach Süden zu gehen. Jeder Schritt war von einem lauten Schluchzen begleitet. Sie war noch nicht zwei Li[4] gegangen – matt, und zu all ihren Leiden hatte sich auch der Hunger gesellt –, da bemerkte sie beim Aufschauen ein Häuschen aus Lehm und dachte, darin ein menschliches Wesen zu finden. Dort wollte sie um etwas Speise und Trank bitten. Kaum war sie aber nahe genug herangekommen, sah sie nur eine zerstörte, leere Hütte, deren Bewohner alle davongeflohen waren. Da sank Yao-Tjin an der Lehmwand nieder und weinte bitterlich.

Nun ist es ein altes Sprichwort: »Würd' sich nie ein Zufall finden, auch Geschichten nicht entstünden.« Der Zufall fügte es also, daß ein Mann an der Mauer des Hauses vorbeikam. Er hieß Bu Tjiao-Dschong und war Hsing-Schans Nachbar gewesen, von jeher ein Vagabund und Nichtstuer, ein Mensch ohne jedes Pflichtbewußtsein, der nur gewöhnt war zu essen, wo er etwas umsonst herausschlagen konnte, und nie Geld ausgab, welches er ehrlich verdient hatte. So war er stadtbekannt geworden und hieß nur »Der älteste Bu«. Auch ihn hatten die Regierungstruppen von seinen Gesellen getrennt, und als er heute allein für sich dahinging und im Hause eine weinende und klagende Stimme hörte, kam er eilig herbei, um nachzusehen, was das wohl wäre. Yao-Tjin, welche ihn von klein auf kannte, sah heute, wo sie in ihrem Unglück weder Vater noch Mutter vor Augen hatte, in dem Nachbarn so etwas wie einen Verwandten. Und das ist erklärlich.

Das Mädchen unterdrückte also schnell die Tränen, erhob sich und fragte: »Hat Onkel Bu vielleicht meine Eltern gesehen?« Bu Tjiaos arge Gedanken bewegten sich aber in ganz anderer Richtung: »Gestern«, dachte er, »wurde ich von den Regierungstruppen beraubt; alles haben mir die Hunde genommen, nicht einen Pfennig habe ich mehr. Dieses mir vom Himmel gefallene ›Schüsselchen mit

---

Kleidung und Speise‹ ist wirklich ein seltenes Gut und gar nicht zu verschmähen.« Laut aber log er und sagte: »Da dein Vater und deine Mutter dich vergebens gesucht haben, sind sie sehr betrübt und vor Schmerz ganz außer sich. Jetzt sind sie schon längst wieder weitergezogen, nachdem sie mir zuvor noch aufgetragen hatten, dich, wenn ich dich sähe, um jeden Preis zu ihnen zurückzubringen. Dafür würden sie mir, wie sie versicherten, sehr, sehr dankbar sein.« Obwohl nun Yao-Tjin ein kluges Mädchen war, befand sie sich doch in einer Lage äußerster Hilflosigkeit, in der sie wirklich nicht wissen konnte, was zu tun sei. Denn der edel und vornehm denkende Mensch wird betrogen nur wegen seiner vornehmen Gesinnung. So folgte sie denn Bu Tjiao ohne Arg, wie es im Gedichte heißt:

> »Mein Herz ahnt wohl: nicht ist's der richt'ge Freund, –
> Das Schicksal aber drängt und folgen muß ich ihm.«

Bu Tjiao gab ihr ein wenig von dem getrockneten Kuchen, den er bei sich trug, zu essen, indem er in fast befehlendem Tone bemerkte: »Deine Eltern sind gewiß die ganze Nacht hindurch gelaufen. Wenn wir sie nicht unterwegs wo treffen können, müssen wir über den Fluß nach Djién-K'ang-Fu (Nanking). Dort erst können wir ihnen vielleicht begegnen. Wenn wir aber den ganzen Weg zusammen gehen sollen, halte ich es für das beste, daß du mir erlaubst, dich für meine Tochter auszugeben, und ich will dann meinetwegen dein Vater sein. Sonst würde man sagen, daß ich ein verirrtes, verlorenes Mädchen aufgegriffen hätte, und das wäre mir nicht angenehm.« Yao-Tjin willigte ein, und so zogen sie von nun an auf dem Lande mit gleichen Schritten, auf dem Wasser im gleichen Schiff dahin, sich mit »Vater« und »Tochter« anredend. Als sie auf den Weg kamen, der nach Djién-K'ang-Fu führte, vernahmen sie, daß Prinz Wu-Schu, der vierte Sohn des Fürsten der Djin, mit seinen Horden über den Strom gesetzt war, daß sie augenscheinlich auch in Djién-K'ang nicht zu Atem kommen würden. Weiter hörten sie, daß Prinz K'ang den Thron bestiegen hätte und schon in Hang-Dschóu residierte, dessen Namen er in Lin-An umänderte. Sie mieteten also sofort ein Boot und fuhren über Žun-Dschóu, Ssu-Tschang und Kiá-Hu nach Lin-An, wo sie vorläufig in einem Gasthaus Wohnung nahmen. –

Der ausgeplünderte Bu-Tjiao hatte von P'i-Leáng bis Lin-An – über dreitausend Li weit – Hsing Yao-Tjin mitgeführt. Die wenigen Taels, welche er verborgen bei sich getragen hatte, waren aufgebraucht. Er hatte sogar seine Oberkleidung hingeben müssen, um die Rechnung des Wirtes zu bezahlen. Nur Hsing Yao-Tjin war ihm noch übriggeblieben, eine lebendige Ware von einigem Wert, welche er abzugeben wünschte.

Zufällig erfuhr er, daß eine gewisse Wang Djiú-Ma, die Besitzerin eines »Rauch- und Blumenhauses« (Bordells) am Westlichen See eine Pflegetochter suchte. Ohne sich lange zu besinnen, führte er die Alte in das Gasthaus, um ihr die Ware zu zeigen und den Geldpunkt zu erledigen. Djiú-Ma fand Yao-Tjin hübsch gewachsen und bestimmte eine Vergütung von fünfzig Taels.[5] Nachdem nun Bu-Tjiao das viele Geld in Händen hatte, brachte er Yao-Tjin zu jener Frau Wang. Schlau und gerissen, wie er war, hatte er nämlich dort gesagt, Yao-Tjin sei seine Tochter, die er, nur durch Unglück und Not gezwungen, in ihr Haus gäbe. Sie müsse sehr zart und behutsam angefaßt werden; dann würde sie schon von selbst gehorchen; nur dürfe man ja nichts übereilen. –

Yao-Tjin aber hatte er vorgespiegelt, Wang Djiú-Ma sei eine sehr nahe Verwandte von ihm. Durch die Ungunst der Verhältnisse gezwungen, müsse er sie bei ihr unterbringen, bis er seinem Versprechen gemäß ihre Eltern ausgekundschaftet hätte. Dann wolle er wiederkommen und sie abholen.

In dieser Hoffnung ging Yao-Tjin mit Freuden hin, ohne zu ahnen, daß sie in die Hände einer Bordellwirtin geraten war.

> »Du armes Mädchen, schönste und klügste von allen,
> Bist in das Netz eines Freudenhauses gefallen.«

Als Wang Djiú-Ma den frischen, vielversprechenden Zuwachs in Yao-Tjin erhalten hatte, kleidete sie sie zunächst von Kopf bis zu den Füßen um, gab ihr neue feine Kleider und Wäsche und überließ sie dann sich selber in einem stillen Zimmer ihres Freudenhauses, eines der vornehmsten der Stadt, wo sie täglich guten Tee und gutes

---

[5] 1 Tael ungefähr 6–10 M.

Essen erhielt. Von Zeit zu Zeit ging sie zu ihr, in der Absicht, ihr Interesse zu erregen und sie mit freundlichen und warmen Worten zu erheitern. Und Yao-Tjin ließ es sich, da sie nun schon einmal hier war, auch wohl sein. Als sie aber nach einer Reihe von Tagen noch keine Nachricht von Bu-Tjiao erhielt, begann sie wieder sehnsüchtig an ihre Eltern zu denken, und fragte – die Augen voller Tränen, die wie Perlen herunterrannen – Frau Wang, warum denn Onkel Bu gar nicht käme, um nach ihr zu sehen? »Welcher *Onkel* Bu?« fragte Frau Wang erstaunt. »Nun der Herr Bu, welcher mich zu Ihnen gebracht hat –!« antwortete Yao-Tjin. »Aber der sagte doch, er sei dein eigener Vater!« – »Nein, er heißt Bu und ich heiße Hsing«, gab Yao-Tjin erstaunt zurück und erzählte ihr genau die ganze Geschichte, wie sie auf der Flucht von P'i-Leáng ihre Eltern verloren hätte, wie sie unterwegs Bu-Tjiao getroffen, welcher sie bis Lin-An mitgenommen, und was er ihr alles vorgelogen hatte.

»So verhält sich also die Sache, so, so –« sagte Frau Wang mehr zu sich. »Du bist ein hilfloses verwaistes Mädchen, das nicht weiß, wohin es seinen Fuß setzen soll –?! Ich will dir einfach die Wahrheit sagen. Es ist am besten so. Jener Bu hat dich für fünfzig Taels hierher verkauft und hat sich davongemacht. Das hier ist ein öffentliches Haus. Wir leben von ›gepuderten Mädchen mit bemalten Augenbrauen‹. Wenn ich auch schon drei, vier Pflegetöchter habe, so ist doch nicht eine einzige von ihnen irgendwie schön zu nennen. Wie freue ich mich, daß du so vollkommen, so schön gewachsen bist! Ich will dich wie meine eigene Tochter halten, bis du groß und erwachsen bist, und ich versichere dir, es soll dir nie fehlen an eleganter Kleidung und gutem Essen, solange du lebst.«

Als Yao-Tjin hörte, wie sie von Bu-Tjiao betrogen worden war, brach sie in lautes Schluchzen aus und weinte bitterlich, während Frau Wang bemüht war, sie zu trösten und ihren Schmerz zu lösen, so gut sie konnte. Yao-Tjin beruhigte sich endlich und fand sich in ein Schicksal, das nicht mehr zu ändern war. Die Alte nannte sie von nun an Wang-Meï und das ganze Haus sprach von ihr nicht anders als von dem »schönen Fräulein«. Sie erhielt Unterricht im Flöten- und Zitherspiel, sie lernte singen und Gedichte schreiben, und man unterwies sie in der Tanzkunst: Nichts gab es, was sie nicht bis zur Vollkommenheit gebracht hätte. Mit vierzehn Jahren zu voller Blüte herangewachsen, war sie an Anmut und Schönheit unvergleichlich, und was in Lin-An reich, angesehen und von Adel war, entbrannte in Liebe zu ihrer reizenden Gestalt. Einer suchte den andern an Freigebigkeit und gutem Geschmack in der Auswahl der Geschenke zu übertreffen, um sie nur einmal sehen zu können.

Es gab aber auch Ästheten, welche, weil sie hörten, daß Yao-Tjin im Schreiben, Malen und anderen schönen Künsten sich sehr auszeichnete, hingingen, um ein Gedicht oder ein Autogramm von ihr zu erbitten. Täglich kamen sie und wichen nicht eher von ihrer Tür, bis ihr Wunsch erfüllt war. So wuchs ihr Ruhm immer höher und jene Schwärmer nannten sie bald nicht mehr nur »das schöne Fräulein«: Huá-Kuí-Niáng-Tsì: »Der Blumen Königin« wurde sie geheißen. Die jungen Herren vom Westlichen See verfaßten ein Gedicht, in dem nur die Vorzüge dieser Blumenkönigin gepriesen wurden.

> »Welches der kleinen Mädchen kann sich an Schönheit vergleichen
> Mit der reizenden Wang, voller Anmut und Geist?
> Schreiben kann sie und malen und dichten, die Flöte auch spielen,
> Zither, Gesang und Tanz und viel anderes mehr.
> Oft vergleicht man den Westlichen See mit der schönsten der Frauen
> Hsi-Tsì, auch Hsi-Tsì erreicht lang ihre Schönheit noch nicht!
> Wer ist der Glückliche, der ihren herrlichen Leib darf genießen? –
> Sterben möcht' ich so gern, wär' es – ach! – mir nur vergönnt!«

Da Wang-Meï mit ihren vierzehn Jahren schon so berühmt war, gab es bereits einige Lebemänner, welche ihr diskret zu verstehen gaben, wozu sie eigentlich da sei. Aber einerseits war Wang-Meï selbst nicht dazu zu bewegen, andererseits mochte sich ihr Wang Djiú-Ma, die aus dem Mädchen ihr »Goldkind« gemacht hatte und es zärtlich liebte, nicht widersetzen, da sie klar gesehen hatte, daß ihr ein unsittliches Treiben im Herzen zuwider war. Sie berücksichtigte daher ihren Willen fast so, wie wenn sie einen kaiserlichen Erlaß empfangen hätte. –

Wieder war ein Jahr verflossen und Wang-Meï fünfzehn Jahre alt geworden. – Nun gibt es in öffentlichen Häusern auch über die Entjungferung bestimmte Regeln: Das dreizehnte Jahr ist noch etwas früh. »Man untersucht nur die Blüte«, wie es heißt. Wenn die Bordellmutter sehr geldgierig ist, nimmt sie trotzdem keine Rücksicht auf den Schmerz und das Elend der unglücklichen Mädchen, und es kommt schon jetzt zum geschlechtlichen Verkehr. Auch für jene Herren ist das nur ein Spiel um eitlen Ruhm. Den vollen Genuß, den eine Brautnacht mit ihrer Lust und Freude bietet, haben sie nicht. – Im Alter von vierzehn Jahren »öffnet man die Blüte«, wie der technische Ausdruck lautet. Das ist die Zeit der natürlichen Reife, wo der Jüngling beschenkt und das Mädchen empfängt: Ihre Zeit ist gekommen! – Ist das Mädchen fünfzehn Jahre alt geworden, so sagt man: »die Blume wird gepflückt«, ein Alter, das man in den Häusern einfacher Leute noch für zu jung hält. Nur in Bordellen herrscht eben die Ansicht, daß der richtige Augenblick dann eigentlich schon vorüber ist. – Nun, Wang-Meï war mit fünfzehn Jahren noch immer Jungfrau, und die jungen Leute vom Westlichen See verfaßten wieder ein Poem:

»Das Fräulein Wang ist schön und hohl wie eine
Baummelone.
Es war trotz ihrer fünfzehn Jahr noch keinem Erden-
sohne
Zu naschen von der Frucht vergönnt, so süß, – der Lieb
zum Hohne!
Ihr Name groß, doch klein die Tat: Was will sie denn
beginnen?
Ist auch ein steinern Weib sie nicht: unfähig doch zu
minnen
Wie Örh-Hangs Mutter scheint sie mir! Was mag sie
nur so sinnen?
Hält sie vielleicht zurück die Scham, die jungfräuliche,
gute,
Wie löscht sie dann die Gluten wohl im jungen heißen
Blute?«

Als Frau Wang Djiú-Ma diese Stimmen der Liebe hörte, fürchtete sie für die Existenz ihres Hauses und kam, um dem Mädchen zuzureden, sie möchte doch Gäste empfangen. Aber Wang-Meï blieb fest und wies dieses Ansinnen zurück, indem sie sagte: »Wenn du willst, daß ich Gästen Gesellschaft leiste, muß ich zuvor meine Eltern sehen. Erlauben und wünschen sie es, dann kann ich's tun.« Wang Djiú-Ma ärgerte sich im stillen sehr über ihre Hartnäckigkeit, doch konnte sie es wiederum nicht über sich bringen, sie durch Mißhandlungen gefügig zu machen und zog es vor, lieber noch einige Zeit zu warten.

Nun lebte in Lin-An ein höherer Beamter mit Namen Tjin-Örh aus außerordentlich reicher Familie, der sich erbot, dreihundert Taels für die erste Nacht mit Meï-Niáng zu geben. Nachdem Frau Wang die große Summe erhalten hatte, reifte in ihrem Herzen ein Plan, den sie mit Tjin-Örh nach allen Möglichkeiten hin besprach, ihn hier und da aufmerksam machend, er müßte es so und so anfangen, wenn er Erfolg haben wollte. Und Tjin-Örh begriff es wohl. – Eines Tages – es war der Fünfzehnte des achten Monats – ließ er Wang-Meï eine Einladung zu einer Fahrt auf dem See übersenden, um die Schönheit der Fluten zu betrachten, und sie folgte ohne Arg der freundlichen Aufforderung. Die drei, vier jungen Leute, die im Schiffe waren und alle unter einer Decke steckten, fingen zunächst allerhand Spiele an: man belustigte sich am Fingerraten, war aufgeräumt und lustig und trank dazwischen immer wieder ein Glas vortrefflichen Weines.

Bald hatten sie das schöne zarte Mädchen so weit, daß sie willenlos betrunken, wie ein Erdklos, dalag. In diesem Zustande wurde sie nach Hause getragen und in ihrem Zimmer bewußtlos auf ein Bett gelegt. Wang Djiú-Ma löste mit eigener Hand die wenigen zarten Hüllen, die in dieser milden warmen Jahreszeit ihren Körper bedeckten, und schälte einen herrlichen Kern von rosiger Frische heraus. Als sie ganz nackt vor Tjin-Örh dalag, überließ es ihm die Alte, in aller Bequemlichkeit das Seinige zu tun.

Wenn aber die Blume gebrochen ist, wenn ihr saftiges Grün sich verdunkelt und ihre frischen roten Farben entfliehen, »dann legt sich erst der wilde Sturm«, »läßt der Regen nach und zerstreuen sich die Wolken«. Im Gedichte heißt es:

»Wie im befruchtenden Regen die Blumenknospe sich öffnet,
Voll zu duftiger Pracht, schöner und zarter denn einst,
So wirft, wenn zum Weibe die holde Jungfrau geworden,
Ihr ein ander Gesicht staunend der Spiegel zurück.«

Meï-Niáng war unterdessen ganz nüchtern geworden. Sie wußte bereits, daß sie durch eine List der Bordellmutter ihre Unschuld verloren hatte, und beklagte ihre Schönheit, die sie zu dem armseligen Schicksal verdammte, eine solche Gewalttat erdulden zu müssen. Sie richtete sich auf, löste die starr verschlungenen Hände und kleidete sich an. Schweigend ging sie zu einer Bambuschaiselongue, welche neben dem Bette stand, wo sie sich, mit dem Gesicht der inneren Wand zugekehrt, hinlegte. Ein Gefühl unsäglich bitteren Schmerzes schnürte ihr die Kehle zu, sie schloß die Augen und leise rannen heiße Tränen über ihre Wangen. Nicht lange, so näherte sich ihr Tjin-Örh wieder, um seine Vertraulichkeiten fortzusetzen. Aber er kam zu nahe und wurde am Kopf und im Gesicht so übel zerkratzt, daß er einige blutende Wunden davontrug. Das war ihm natürlich mehr wie unangenehm: Aus verschiedenen Gründen! Er wartete, bis der Morgen dämmerte, empfahl sich bei der Alten ziemlich kurz und war schon zur Türe hinaus, noch ehe sie ihn zurückhalten konnte. Sein zeitiges Verschwinden war um so auffallender, als es bisher ein sinniger Brauch heischte, daß die jungen Herren, welche eine Mädchenblüte gebrochen hatten, früh morgens beim Aufstehen die Glückwünsche der Bordellmutter entgegennahmen. Desgleichen pflegten sich auch die Besitzerinnen anderer öffentlicher Häuser zur Gratulationscour einzufinden, und spekulieren dabei auf ein Freudenmahl, das gewöhnlich mehrere Tage dauert. Dann wohnen die jungen Helden noch ein bis zwei Monate am Schauplatz ihrer genußreichen Tätigkeit, mindestens aber einen halben Monat bis zwanzig Tage.

Nur Tjin-Örh war es diesmal eingefallen, sich so früh aus dem Staube zu machen, eine Erscheinung, die bisher noch nie beobachtet worden war. Frau Wang Djiú-Ma konnte sich nicht genug darüber wundern, legte ihre Kleider an und begab sich nach den Gastzimmern. Da sah sie Meï-Niáng allein auf der Chaiselongue liegen, die

Augen voller Tränen. Ihre Versuche, sie zu beschwichtigen, indem sie ihr gütlich zuredete, doch aufzustehen, und ohne Ende ihr großes Unrecht eingestand, hatten nur den Erfolg, daß Meï-Niáng sich ganz in Schweigen hüllte und ihren Mund nicht auftat. So blieb der Alten nichts weiter übrig, als sich wieder hinunterzubegeben.

Meï-Niáng aber weinte den ganzen Tag, rührte weder Tee noch Reis an und war von jetzt ab nicht mehr zu bewegen, aus dem Hause zu gehen, geschweige denn sich vor Gästen sehen zu lassen, indem sie stets Krankheit vorschützte.

Frau Wang Djiú-Ma, welche sich in begreiflicher Aufregung befand, hätte sie am liebsten durch Mißhandlungen gefügig gemacht. Aber sie fürchtete doch, daß sie in ihrem tugendhaften Trotz den Gehorsam verweigern oder gar überhaupt in ihren Gefühlen gegenüber der Pflegemutter kalt werden könnte. Ihre weicheren Regungen einerseits suchten sie zu bestimmen, Meï-Niáng in Frieden zu lassen, andererseits wollte sie doch mit ihr viel Geld verdienen. Wenn das Mädchen keine Gäste mehr empfangen wollte, könnte sie es doch nicht so lange halten, bis es hundert Jahre alt würde, ohne daß sie ihr irgendwelchen Nutzen brächte!! So tappte sie ein paar Tage unsicher in Plänen und Gedanken herum, ohne zu einem Entschlusse zu kommen, der ihr einen Erfolg hätte garantieren können.

Da erinnerte sie sich plötzlich einer sehr guten Freundin, mit der sie Schwesterschaft[6] geschlossen hatte, einer Frau Liú Sse-Ma, welche häufig zu ihr kam und eine ausgezeichnete Rednerin war. Dazu stand sie mit Meï-Niáng sehr gut.

»Weshalb sollte ich die nicht mal herholen,« sagte Frau Wang zu sich, »damit sie ein vernünftiges Wort mit dem Mädchen redet? Wenn sie es fertigbrächte, das dumme Ding zu bekehren, so wäre ja ein großartiges Geschäft zu machen! Der Verdienst würde nur so auflodern!«

Sofort ließ sie durch eine Dienerin Liú Sse-Ma zu sich bitten, und – sie kam. Nachdem man im vorderen Empfangszimmer Platz genommen hatte, beichtete sie der Freundin, was sie bedrückte, worauf sich diese beeilte, zu versichern: »Ich bin ein weiblicher Ssúi-

---

[6] Das geschieht im Tempel unter feierlichen Zeremonien.

Ho und Lu-Djiá.[7] Wenn ich rede, bekommt sogar ein Lo-Han[8] Sehnsuchts- und Liebesgedanken, und alle Mädchen denken an die Heirat. Auf derlei Sächelchen verstehe ich mich vortrefflich, ganz vortrefflich! Überlasse die Affäre nur mir.«

Wang Djiú-Ma erwiderte: »Wenn es sein könnte, wie du sagst, wenn du meinen sehnlichsten Wunsch zu erfüllen imstande wärst, würde ich gern vor dir Ko-tóu[9] machen. Aber trinke doch noch ein Täßchen Tee, damit dir deine Zunge nachher beim Reden nicht trocken wird.«

»O, das hat nichts zu sagen,« erwiderte Frau Liú Sse-Ma, »mein Mund kann getrost mit dem Meere konkurrieren. Er ist eine Gabe des Himmels. Und wenn ich auch bis morgen reden sollte, so würde ich doch kaum Durst verspüren.«

Nachdem die würdige Dame aber noch ein paar Tassen Tee getrunken hatte, begab sie sich in die dahinterliegenden Abteilungen des geräumigen Hauses, wohin Meï-Niáng sich zurückgezogen hatte, fand indessen die Tür verschlossen und rief leise und eindringlich nach ihrer »Nichte«.

Als Meï-Niáng die Stimme ihrer alten Freundin erkannte, kam sie eilends herbei, die Tür zu öffnen. Nach gegenseitiger Begrüßung nahm Liú Sse-Ma am Tische, mit dem Gesicht nach dem tieferliegenden Raume des Zimmers, Platz.[10] Meï-Niáng setzte sich ihr zu Füßen, um ihr Gesellschaft zu leisten.

Wie zufällig schweifte Liú Sse-Mas Blick über den Tisch, um alsbald an einer feinen Decke aus dünner Seide aufmerksam haftenzubleiben, auf welche ein schönes Frauengesicht gezeichnet war. Die farbige Ausführung fehlte noch. Liú Sse-Ma bemerkte lobend: »Wie schön ist das gemacht! Du hast wirklich eine künstlerische Hand. Wang Djiú-Ma, meine Freundin und Schwester, weiß wirklich nicht, wie glücklich sie sich preisen kann, ein so geschicktes und kluges Mädchen gefunden zu haben wie dich, die sich in der Malerei wie

---

[7] Berühmte Redner.

[8] Schüler Buddhas.

[9] Unterwürfige Begrüßungsart, indem man mit der Stirn die Erde berührt.

[10] Gast- und Ehrenplatz.

in kunstgewerblichen Arbeiten durch gleiche Begabung und Fertigkeit auszeichnet. Könnte man denn, auch wenn man einige tausend Taels gelben Goldes aufhäufte, in ganz Lin-An – und mag man gehen, wohin man will – deinesgleichen finden?«

Meï-Niáng erwiderte: »Loben Sie nicht. Ich müßte sonst darüber lachen. – Welcher Wind hat meine Tante heute hergeweht?«

»Ich wollte«, antwortete Liú Sse-Ma, »eigentlich schon immer einmal nach dir sehen; aber weil ich den ganzen Haushalt allein auf dem Halse habe, konnte ich kein bißchen Zeit finden. Nun hörte ich, daß du glücklich deinen ›Kamm im Haar hast‹, und so habe ich mir einfach etwas freie Zeit gestohlen und bin hier, um meiner Freundin Wang Djiú-Ma meine ganz besonderen Glückwünsche auszusprechen.«

Kaum hatte das schöne Mädchen jene Worte vernommen, als sie, über und über errötend, ihren Kopf zur Erde neigte. Da eine Antwort ausblieb, rückte Liú Sse-Ma, welche wußte, daß Meï-Niáng sich schämte, ihren Stuhl ein wenig näher an sie heran, ergriff ihre Hand und sagte:

»Mein Kind, du bist doch schon ein erwachsenes Mädchen und kein Ei mit weicher Schale mehr! Wozu denn dieses überempfindliche Zartgefühl? Wo in aller Welt ist eine, die gleich dir die Sache so ernst nimmt? Wenn du dich schämst, wie willst du denn viel Geld verdienen?«

»Wozu soll ich Geld verdienen?« fragte Meï-Niáng.

»Gut, mein Kind, du willst kein Geld, gut; aber die, welche dir eine zweite Mutter ist und sieht, daß du ein reifes Mädchen geworden bist, wenn sie nun etwas mehr verdienen wollte –?

Ein altes Sprichwort sagt: ›Wenn man seine Hoffnung auf den Berg setzt, ißt man vom Berge. Wenn man seine Hoffnung auf das Wasser setzt, trinkt man vom Wasser‹, d. h. verläßt man sich kurzsichtig auf das, was man hat, ohne sich anzustrengen, Neues hinzuzuerwerben, so kommt man am Ende an den Bettelstab, da man für die Zukunft nicht gesorgt hat. Meine Freundin hat zwar einige Mädchen, aber welche von ihnen hat so zierliche Füße, daß sie an deine Schönheit heranreichen kann? Da ist wohl ein Garten voll Melonen, aber nur eine einzige Frucht unter allen, wie sie sieht, von feinster Art und Güte. Meine Freundin behandelt dich ja auch ganz anders wie jene Mädchen. Du bist ein kluges und geschicktes Kind, du mußt das doch erkannt haben.

Nun habe ich eben gehört, daß du seit jener Nacht nicht einen Gast mehr empfängst. Was willst du denn damit sagen? Wenn alle so dächten wie du, wären die Mädchen im ganzen Hause hier ja alle wie Seidenraupen: Wer soll sie denn mit Maulbeerblättern füttern? Da deine Mutter dir besondere Beachtung schenkt, so mußt du dich ihr doch auch ein wenig gefügig zeigen, und nicht durch deinen Trotz das dumme Gerede aller Mägde herausfordern.«

»Mögen sie doch über mich reden! Was in aller Welt geht mich ihr Geschwätz an?« warf Meï-Niáng verächtlich ein.

»Ah, meinst du etwa, daß ihr Geklatsch nur eine Kleinigkeit ist – ?! Kennst du denn den gewöhnlichen Gang der Dinge in einem öffentlichen Hause nicht?«

»Nein«, antwortete Meï-Niáng, und bat um nähere Mitteilungen.

»Nun, wir, die wir öffentliche Häuser halten, leben von den Mädchen, wir kleiden uns von den Mädchen, und wir decken unsere sonstigen Bedürfnisse von dem, was sie verdienen. Haben wir einmal Glück gehabt und ein schönes Mädchen hereinbekommen, dann ist es beinahe so, als ob eine große Familie ein gutes Reisfeld gekauft hätte, damit es reiche Erträge abwerfe. Und ist das Mädchen noch jung und klein, so möchten wir am liebsten, daß der Wind sie groß bliese.

Ist sie endlich aber berührt worden, so beginnt das Feld zu tragen: Die Ähren sind voll und reif geworden und die Zeit der Ernte ist da.

Dann streicht man täglich sein schönes ›Blumengeld‹ ein, empfängt an der Vordertür den neuen Gast und entläßt an der Hintertür den alten; Herr Tschang schickt Reis und Herr Li schenkt Brennholz; und ist der Verkehr lebhafter geworden, dann wird sie eine berühmte Schönheit.«

Meï-Niáng beharrte errötend: »Aber ich tue so etwas nicht!«

Liú Sse-Ma bedeckte mit der Hand leicht ihren Mund, lachte kurz auf und sagte:

»Ob du das tust oder nicht, hängt doch nicht von dir ab. Da ist doch noch deine Mutter, welche Herrin im Hause ist und ein Wort mitzusprechen hat.

Fügen sich die jungen Dämchen nicht willig und tun nicht, was sie will, so gibt's eben eine Tracht Prügel mit der Lederpeitsche.

Wenn du dann, täglich geschlagen, weder leben noch sterben kannst, so ist mir gar nicht bange, daß du am Ende doch den Weg aller jener Mädchen gehst. Meine Freundin und Schwester Wang Djiú-Ma hat dich bisher noch nicht mißhandelt. Aber nur, weil du klug und schön bist, hast du ihr leid getan; und weil sie weiß, daß du von Kindheit an zärtlich erzogen worden bist, mußte auf deine Unverdorbenheit und Reinheit Rücksicht genommen, mußte deine Anständigkeit gewahrt bleiben.

Eben erst hat sie mir sehr viel davon erzählt, wie du das Gute von dem Schlechten nicht zu unterscheiden verstehst: ›Läßt du eine Gänsefeder fliegen, wüßtest du nicht, wie leicht sie ist; trägst du einen Mühlstein auf dem Kopfe, wüßtest du nicht, wie schwer er ist.‹ Daher hat sie großen Kummer und bat mich schweren Herzens, dir doch ins Gewissen zu reden.

Solltest du aber eigensinnig auf deinem Willen beharren und ihre Geduld bis zum äußersten reizen, wird sie eines Tages eine andere Miene aufstecken müssen. Und dann mach dich auf Schimpfe und Prügel und Prügel und Schimpfe gefaßt!

Wartest du etwa darauf, in den Himmel gehen zu können? –

Jedes Ding will seine Weile haben, und der Anfang ist immer das schwerste, – bei allem!

Hat man ihn aber einmal überwunden, und bist du das erstemal geschlagen worden, dann gibt's zum Frühstück eine Tracht Prügel und zum Abendbrot eine Tracht Prügel. Dann wirst du dieses Elend doch nicht ertragen können, und es wird dir nichts anderes übrigbleiben, als Gäste zu empfangen. Nur mit dem Unterschiede, daß du jetzt von der Höhe deines Ruhmes zu einer gewöhnlichen Dirne herabgesunken sein würdest, nicht viel schlechter und besser als die anderen.

Dazu käme noch der Spott deiner ›Schwestern‹, den du schutzlos über dich ergehen lassen müßtest! – Übrigens ist meiner Ansicht nach der Schöpfeimer leider schon in den Brunnen gefallen, er kann durch eigene Anstrengung so leicht nicht wieder emporkommen! Mädel, wirf dich doch mit tausend Freuden an den Busen deiner Mutter, und du wirst ein Leben voller Genuß und Annehmlichkeiten führen: Es ist das beste, was du tun kannst!« –

Meï-Niáng erwiderte: »Ich bin die Tochter anständiger Leute und nur durch unser Unglück in ›Wind und Staub‹ gefallen. Wenn meine Tante dafür sorgen wollte, daß ich einem guten Manne folgte, dann würde ich ihr zum Danke ›eine siebenstöckige Pagode bauen‹.

Verlangt sie aber von mir, daß ich eine Dirne werden soll, die stets zu Scherz aufgelegt sein und immer ein Lächeln auf den Lippen haben muß, die noch den alten Gast hinauskomplimentiert und schon den neuen empfängt, nein, dann will ich lieber sterben, dann erscheint mir der Tod ruhig und süß! Unter keinen Umständen werde ich das tun.«

»Aber, mein Kind,« sagt Liú Sse-Ma, »was du willst –: Die Frau eines braven Mannes werden, bleibt ja ganz dir selbst überlassen, das ist Sache des Willens und des Temperaments einer jeden!

Wem sollte es einfallen, dir zu verbieten, du dürftest das nicht tun –?! Nur das mit dieser idealen Ehe hat so seinen Haken und die Ansichten darüber gehen oft weit auseinander«.

»Wie kann man denn darüber so geteilter Meinung sein?« fragte Meï-Niáng.

»Es gibt eine wahre ideale Ehe, liebes Kind, und eine falsche; eine ideale Ehe voll bitteren Leids und eine voller Freude und Seligkeit. Oft findet man rechtzeitig einen braven Mann, oft nimmt man ihn, weil sich kein besserer findet, und die Zeit drängt, – endlich gibt es fertige ideale Ehen und unfertige. Mein Kind, höre nun geduldig und aufmerksam zu. Ich will dir genau sagen, was eine wahre ideale Ehe ist:

Im allgemeinen muß ein genialer Mann ein schönes Weib und ein schönes Weib einen genialen Mann besitzen, wenn eine harmonische Ehe zustande kommen soll. Aber diese Vorzüge sind selten beisammen und kommen trotz aller Bitten und Wünsche nicht herbei. Fügt es aber ein glücklicher Zufall, so treffen sich die beiden: Du begehrst, ich gebe mich liebend hin. Ihr Schicksal ist besiegelt: Sie können sich nicht mehr trennen und haben nur den Wunsch, einander zu heiraten; wie zwei sich paarende Seidenspinner, welche sich fest umschlungen halten und auch im süßen Tode nicht voneinander lassen!

Siehst du, das ist die wahre ideale Ehe! –

Und was heißt eine falsche ideale Ehe?

Da ist zum Beispiel ein junger Mann, der sich in ein Mädchen verliebt hat. Sie erwidert seine Liebe nicht und wünscht im Grunde ihres Herzens keine Heirat mit ihm. Gleichwohl aber betrügt sie sein argloses Gemüt, indem sie jene Worte immer im Munde führt, damit er warm bleibe und recht viel Geld herausrücke. Verlangt er aber das letzte, was ein Weib dem Manne gewähren kann, dann wird irgendein Grund vorgeschützt, und er hat das Nachsehen.

Weiter gibt es liebestolle junge Männer, die ein Mädchen heimführen wollen, obwohl es ihnen nicht verborgen bleiben kann, daß sie ihm gleichgültig sind. Sie erreichen ihr Ziel, indem sie eine große Summe Geld aufs Spiel setzen, mit dem das Feuer der Alten geschürt wird. Daß das Mädchen nicht will, daß es nur gezwungen das Haus des Gatten betreten wird, darüber machen sie sich keine Gedanken. Da die Ehefesseln der jungen Frau im Herzen zuwider sind, kehrt sie sich absichtlich nicht an die Hausordnung, erregt um kleiner Dinge willen viel Zank und Lärm und hat im großen ganzen einen braven Mann ›gestohlen‹, um mich so auszudrücken. Die Familie kann sie nicht länger als höchstens ein oder ein halbes Jahr halten und läßt sie dann laufen, wohin sie will – meistens wieder ins Bordell zurück.

Nein, die beiden schönen Worte von der ›idealen Ehe‹ sind hier nur ein Trick, mit dem man recht viel Geld herauszuschlagen hofft. –

Das ist also eine falsche ideale Ehe. Und wie sieht die sogenannte traurige ideale Ehe aus?

Es ist dasselbe Spiel: Hier wie dort liebt ein junger Mann ein Mädchen und wird nicht wiedergeliebt. Er übt aber infolge seiner einflußreichen Stellung Gewalt aus und zwingt der Mutter, welche

Unheil fürchtet, ihre Einwilligung ab. So muß ihm das Mädchen gegen seinen Willen folgen, und sie geht schluchzend und unter Tränen. Sobald sie das Haus ihres vornehmen Gemahls betreten hat, ist ihr, als ob sie die Tiefe des Meeres aufgenommen hätte: Die Hausgesetze sind streng, sie darf ihren Kopf nicht erheben, ist halb Konkubine, halb Magd. Und auf den erlösenden Tod wartend, verbringt sie ihre Tage. Das heißt zu seinem Unglück einem guten Manne folgen!

Im Gegenteil dazu ist es eine glückliche und fröhliche Ehe, wenn das Mädchen, gerade im Begriff, einen Mann zu wählen, zufällig einen Jüngling kennen lernt und mit ihm verkehrt, dessen Charakter gütig und ruhig und dessen Familie auch reich genug ist. Nehmen wir weiter an, daß die erste Frau ein edeldenkendes Weib ist und keinen Sohn hat: da wird sie es vielleicht gar nicht ungern sehen, wenn er sie eines Tages zur Nebenfrau nimmt, damit sie ihm den fehlenden Sohn gebäre. Weil sie dadurch also an der hausfraulichen Gewalt teilnehmen kann, so heiratet sie ihn, um für jetzt dies bißchen Ruhe und Glück genießen und später vielleicht - noch höher zu steigen.

Das heißt einem guten Manne folgen und Glück und Freude damit gewinnen. -

Und wann hat ein Mädchen gerade im richtigen Augenblick eine gute Ehe geschlossen?

Wenn es nämlich schon genug von jenem Leben und Treiben in ›Wind und Blumen, in Schnee und Mondschein‹[11] hat, sucht es noch am Vormittag seines Lebens, solange sie berühmt und begehrenswert erscheint, irgendwo unterzukommen. Da viele um sie werben, kann sie nach Belieben einen Mann wählen, der allen ihren Wünschen entspricht.

›Der schnell dahinfließende Strom verliert sich gar bald,‹ das heißt: Kehrt man rechtzeitig um, kommt es gar nicht soweit, daß die Menschen einen wegen seiner Vergangenheit mißachten. - Wann muß sie aber den ersten besten nehmen? - Wenn sie zunächst einmal überhaupt nie daran gedacht hat, sich einen Ehemann zu suchen! Vielleicht ist sie aber auch durch einen Prozeß dazu gezwun-

---

[11] Damit ist das an Freuden und Leiden reiche Leben einer Courtisane gemeint.

gen worden, oder ein Gewaltiger hat sie mißhandelt und beleidigt. Sie kann auch zu viel Schulden haben, welche sie später nicht imstande ist zurückzuzahlen.

So muß sie, um aus der ewigen Aufregung herauszukommen, ohne Wahl den ersten besten heiraten, sobald sich ihr Gelegenheit bietet, und erkauft sich damit die ersehnte Ruhe und einen Zufluchtsort. – Das war also eine durch Not erzwungene Ehe.

Eine fertige Ehe ist dagegen die, in welcher sich ein schon älteres Mädchen, nachdem es in ›Wind und Wellen‹ alle Erfahrungen gesammelt, und ein älterer alleinstehender Mann, der gleichfalls schon seine Erfahrung weg hat, zufällig zusammenfinden. Beide haben dieselben Gedanken und Wünsche, dasselbe Ziel und dieselben Grundsätze. Aus zwei Stricken dreht man ein festes Seil, und so leben sie zusammen, bis ihre Haare weiß werden. Siehst du, mein Kind, das ist die fertige Ehe!

Und – endlich! – Was versteht man unter einer unfertigen Ehe?

Derselbe Fall wie früher! Stelle dir vor: Du begehrst, ich gebe mich liebend hin, wie von Feuer entflammt. Ihm zu folgen treibt dich aber nur ein augenblickliches Hochgefühl, das sich vielleicht bald wieder legt. Du hast dir die Sache nicht lange genug, nicht richtig überlegt, oder die Eltern verweigern ihre Zustimmung; vielleicht ist auch die erste Frau eifersüchtig auf dich und, nachdem ihr euch ein paarmal gezankt habt, schickt man dich zurück ins Bordell zu deiner Pflegemutter und nimmt ihr das Geld wieder ab, das für dich gezahlt worden ist. Oder nehmen wir an, die Familie des Mannes ist sehr arm geworden und kann dich nicht ernähren. Du bist nicht imstande, die bittere Armut zu ertragen, gehst also wieder hinaus, um wie früher dein Leben zu genießen. Das ist die unfertige Ehe.«

»Ich will aber einen braven Mann wählen! Wie kann ich das trotz allem erreichen?« fragte Meï-Niáng.

»Mein Kind«, antwortete Liú Sse-Ma, »ich will dir zeigen, wie du es anfangen mußt, damit du in allen Fällen dein Ziel erreichst.«

»Ich werde Ihre Güte im Tode nicht vergessen, wenn Sie mir helfen wollten!«

»Also höre: Die ganze Frage ist eigentlich schon klipp und klar beantwortet im Augenblick, wo du dieses Haus betreten hast.

Denn: Du bist keine Jungfrau mehr –! Wenn du auch diese Nacht noch heiratest, kann man dich doch kein unschuldiges Mädchen, keine ›gelbe Blume‹ mehr nennen. Ein junges Ding sollte ja freilich überhaupt nicht einen solchen Lebenswandel einschlagen, sie begeht vielleicht den allergrößten Fehler! Aber es ist nun einmal dein Schicksal gewesen! Zudem hat sich deine ›Mutter‹ große Mühe mit dir gegeben und ihre Herzensgüte verschwendet! Wenn du ihr nun nicht behilflich sein wolltest – es sind ja nur ein paar Jahre – einige tausend Taels zu verdienen, wie könnte sie dich freigeben? Und noch eins: Wenn du eine ideale Ehe schließen willst, so mußt du dir doch einen guten Menschen aussuchen, oder würdest du etwa dem ersten besten Kerl mit stinkender Nase und häßlichem Gesicht nachlaufen?

Da du jetzt nun entschlossen scheinst, nicht *einen* Gast mehr zu empfangen, wie kannst du erfahren, wem du folgen möchtest?

Solltest du trotzdem starren Sinnes dabei bleiben, das nicht zu tun, so wird deiner Pflegemutter nichts weiter übrigbleiben, als einen zahlungsfähigen Käufer für dich zu suchen, der dich als Konkubine nimmt. Dann hast du ja auch, was du willst: ein geordnetes Verhältnis! Ob der Mann aber alt ist, oder häßlich, oder so ungebildet, daß er nicht einmal ein Schriftzeichen lesen kann – wie ein Stück Holz –!, das muß dir gleich sein! – Bist du dann nicht fürs Leben verloren? Wenn man dich zum Beispiel ins Wasser würfe, dann gäbe es wenigstens einen klatschenden Laut, und einige Zuschauer würden sogar auch rufen: Schade! – So aber wird kein Hahn nach dir krähen!

Nach meiner einfältigen Ansicht mußt du dich eben dem Willen anderer beugen und dem Wunsche deiner Pflegemutter gemäß Gäste empfangen.

Mädchen, bei deinen Fähigkeiten, bei deiner Schönheit und sonstigen Tüchtigkeit wird man dich nicht so leicht aufgeben!

Gewiß werden es Enkel von Königen und Prinzen, Reiche und Mächtige sein, die mit dir verkehren und dich vor Beleidigungen schützen werden.

Zudem kannst du in diesem bewegten schönen Leben deine Jugend voll genießen. Du kannst deine Pflegemutter selbständig machen, und du selbst bist schließlich in der Lage, dir eigenes Vermögen zu ersparen, so daß du später einmal nicht darauf angewiesen zu sein brauchst, zu betteln. Nach fünf, zehn Jahren zieh dich mit einem Freunde zurück, der dein Herz und deinen Sinn kennt, und mit dem du reden kannst; dann will ich selbst gern die Vermittlung übernehmen, damit die Heirat recht anständig wird. Deine Pflegemutter wird auch nichts dagegen haben, dich freizugeben. Ist das so nicht für euch beide nützlich und angenehm?«

Als Meï-Niáng das hörte, lächelte sie, aber sie sagte noch nichts. Indessen genügte Liú Sse-Ma dieses Anzeichen, um zu wissen, daß Meï-Niáng im Herzen bereits schwankend geworden war. Deshalb fuhr sie eifrig fort: »Jedes meiner Worte ist gut gemeint. Wenn du danach handelst, wirst du mir noch später Dank dafür wissen.«

Nachdem sie also gesprochen hatte, erhob sie sich und ging.

Wang Djiú-Ma hatte draußen vor der Tür des Zimmers gehorcht und Wort für Wort vernommen.

Als nun Meï-Niáng Liú Sse-Ma hinausbegleitete, stand sie ihr plötzlich gegenüber und, übers ganze Gesicht errötend, kroch die Alte beschämt hinter Liú Sse-Ma in das Vorderzimmer zurück. Dort angekommen, setzten sie sich hin und Liú Sse-Ma berichtete über ihren Erfolg.

»Nein, war das ein Trotz bei diesem Mädel!!« begann sie mit einem Seufzer der Erleichterung. »Sie ließ auf sich herumreden, daß ein Stück hartes Eisen hätte schmelzen können!

Du suche jetzt schleunigst einen, der ›den Vorhang herunterreißt‹; sie wird ihm sicher zu Willen sein.

Dann komme ich wieder, um dir zu gratulieren.«

Wang Djiú-Ma dankte, daß es schier kein Ende nehmen wollte und gab noch an diesem Tage ein Freudenmahl, dem die beiden würdigen Damen so tüchtig zusprachen, daß sie beim Abschied völlig betrunken waren.

Diesmal besangen die jungen Herren vom westlichen See Liú Sse-Mas Rednergabe:

»Wer besteht, Sse-Ma, vor deiner entsetzlichen Zunge,
Wenn dies Mädchen sogar sanft dir und willig gefolgt?
Schier unglaublich ist dein Talent, du Lu-Dja in Röcken,
Die noch nimmer enttäuscht, was auch geredet sie hat!
Aus dem Traume des Weins erweckt deine Zunge den
Trunknen!
Selbst den klügsten Gesell redest zum Esel du um!
Doch die herrlichste Tat fürwahr du jetzo vollbracht
hast:
Zu bekehren der Maid keuschen und trotzigen Sinn!«

Was Meï-Niáng selbst betraf, so erschien ihr das alles, seit sie Liú
Sse-Mas Ausführungen gehört hatte, ganz vernünftig, ja, so vernünftig, daß sie, kurze Zeit darauf, Besucher, welche sie zu sehen
wünschten, mit Freuden empfing. Und nachdem abermals »der
Vorhang gefallen« war, wimmelte es bald im Hause von Gästen,
wie auf einem Markte: Drei alte gingen und fünf neue kamen. An
freie Zeit war da nicht zu denken. Mit dem Ruhm der Courtisane
stiegen natürlich auch die Preise, und obwohl die Nacht zehn Taels
kostete, entstanden Zank und Streitigkeiten genug, bei denen sogar
ein Freund dem Freunde die Schöne zu entreißen suchte.

Wang Djiú-Ma schwamm in grenzenloser Wonne, da nun das
Geld in solchen Strömen hereinfloß. Meï-Niáng ihrerseits aber gab
wohl acht, einen Mann zu finden, der ihr Herz und ihre Gedanken
ganz auszufüllen imstande gewesen wäre. Doch das geht nicht so
schnell wie es auch im Liede heißt:

»Es ist gar leicht gewonnen
Ein unermeßlich Gut,
Doch schwer ist's, zu bekommen,
Ein liebend junges Blut.« –

Meine Erzählung teilt sich jetzt in zwei Wege. Wir verlassen den
einen und gehen im Geiste nach dem Tjing-Bo-Tore der Stadt Lin-
An. Dort lebte, noch innerhalb der Stadt, ein Kaufmann mit Namen
Dschu Schih-Lao, welcher ungefähr drei Jahre vor jenen Begeben-
heiten einen Lehrling adoptiert hatte, der damals auch aus Pi-Leáng
hierher geflohen war und Tjing-Dschung hieß. Nach dem Tode

seiner Mutter, welche früh gestorben war, hatte ihn sein Vater Tjin-Leáng im Alter von dreizehn Jahren verkauft, um sich in das Schang-Tién-Dschu-Kloster zurückziehen zu können, wo er eine Art Sakristan war und besonders auf den Weihrauch und die Feuer zu achten hatte.

Dschu Schih-Lao hielt, da er schon alt war und keine Kinder besaß, – auch seine Frau war ihm erst kürzlich gestorben–Tjing-Dschung wie seinen Sohn. Als er sah, daß er erwachsen war, gab er ihm den Namen Dschu-Dschung und steckte ihn in seinen Laden, damit er den Ölhandel erlernte. Anfangs, solange Vater und Sohn im Laden saßen, ging das Geschäft recht gut, da Dschu Schih-Lao aber später infolge einer Krankheit, die sich in großen Rückenschmerzen äußerte, gezwungen wurde, von zehn Tagen neun im Bette zu verbringen, also unfähig zu jeder Arbeit war, engagierte er einen Gehilfen, der Hsing-Tjüán hieß, um seinem Sohne im Geschäfte an die Hand zu gehen. –

Die Zeit flog dahin, schnell wie ein Pfeil. Unbemerkt waren vier Jahre und mehr verflossen. Dschu-Dschung mit seinen siebzehn Jahren war voll erwachsen und ein schöner und anstelliger Mann geworden, der, obwohl mündig, ans Heiraten noch gar nicht dachte. Nun hatte Dschu Schih-Lao ein Dienstmädchen mit Namen Lan-Huá, welche schon über zwanzig Jahre alt war und den jungen Herrn Dschu sehr gern heiraten wollte. In diesem Bestreben hatte sie schon oft die Angel nach ihm ausgeworfen, aber Dschu-Dschung, ein einfältiger, solider junger Mann, fand an dem nicht gerade schönen Mädchen keinen Gefallen und reagierte nicht weiter.

>Welkend sehnt sich die Blume nach einem erfrischenden Trunke,
Doch die geschäftige Well' eilet gefühllos vorbei.<

Als Lan-Huá sah, daß sie den jungen Herrn Dschu mit ihren Reizen nicht fesseln konnte, sah sie sich nach einem anderen um und warf ihre Netze nach dem Gehilfen Hsing-Tjüán aus, welcher, obwohl nahe an den Vierzigern, noch unbeweibt war. Es dauerte nicht lange, da biß er auch schon an. Von da an hatten die beiden immer etwas miteinander zu schaffen und wohl schon mehr als einmal von der verbotenen Liebe gestohlen. Der junge Dschu mit seinen scharfen Augen war ihnen jetzt ein Stein im Wege, weshalb sie eifrig auf Mittel und Wege sannen, ihn vor die Tür zu setzen. Und da sie beide, Hsing-Tjüán draußen, Lan-Huá drinnen, eines Herzens und Gedankens waren, gelang es ihnen ziemlich leicht, ihren Plan auszuführen. Lan-Huá, welche nämlich stets vor den Augen Dschu Schih-Laos den Anschein eines anständigen Mädchens zu wahren wußte, beschwerte sich eines Tages, der junge Herr hätte sie schon des öfteren belästigt und sei sehr unanständig zu ihr. Da der alte Dschu Schih-Lao gewöhnlich auch ein »Händchen« mit Lan-Huá hatte, konnte er eine gewisse Eifersucht nicht unterdrücken. Hsing-Tjüán seinerseits war auch nicht untätig. Er entnahm der Ladenkasse Geld und verbarg es, während er Dschu Schih-Lao unter vier Augen erklärte, der junge Herr spiele außerhalb des Hauses sehr viel und bringe nichts Rechtes vor sich. Auch die Ladenkasse stimme nicht immer, weil er ihr wahrscheinlich das Geld dazu entnehme. Anfangs wollte das Dschu Schih-Lao gar nicht glauben, aber durch wiederholte Zuflüsterungen argwöhnisch gemacht – infolge seines Alters ohnehin geistig nicht mehr so rege und ohne Selbständigkeit im Denken –, ließ er Dschu-Dschung rufen und machte ihm heftige Vorwürfe. Dschu-Dschung, schon klug genug, um zu wissen, daß Hsing-Tjüán mit Lan-Huá zusammenarbeitete, wollte sich zunächst verteidigen, aber er ließ es sein, weil er fürchtete, zuviel Staub aufzuwirbeln. Auf keinen Fall wollte er, zumal ja der Alte seinen Versicherungen, daß ihm großes Unrecht geschähe, doch nicht getraut hätte, in seinen Augen noch als gehässiger Verleumder erscheinen. Daher kam er auf den Gedanken, Dschu Schih-Lao nur zu antworten, da das Geschäft nicht besonders gehe und zwei Menschen im Laden nicht nötig wären, möchte er die Leitung des Geschäftes nur ganz Hsing-Tjüán überlassen; er wolle gern mit Öl hausieren gehen und sehen, was er so absetze.

Den Erlös werde er täglich abliefern. »Könnten wir dann nicht ein doppeltes Geschäft machen?« rief er aus, ohne noch an das Unrecht, das ihm eben widerfahren war, zu denken. – Dschu Schih-Lao hatte nicht übel Lust, ihm zuzustimmen. Aber Hsing-Tjüán änderte sofort wieder seinen Sinn, indem er sagte: »Der wird doch nicht in Ihrem Interesse sich mit dem Öl abschleppen?! Der wird in ein paar Jahren Geld genug gestohlen haben, um selbst ein kleines Vermögen sein eigen zu nennen. Wenn er dann genug beiseite gebracht hat, wird er sich bei dir beklagen, daß du ihn noch nicht verlobt hast, und in seinem Zorn und Unmut nicht mehr willig bleiben wollen, uns zu helfen. Das wird ihm dann ein willkommener Vorwand sein, fortzugehen, sich eine Frau zu nehmen und eine eigene Familie zu gründen.«

»Ich habe ihn«, jammerte Dschu Schih-Lao nach einem Seufzer, »wie meinen Sohn behandelt. Nun aber muß ich sehen, daß er so mißraten ist. Ach, der Himmel segnet mich nicht! Er ist ja auch nicht mein eigen Fleisch und Blut. Das hält nie fest genug zusammen! Deshalb mag er wieder gehen!« Mit drei Taels in der Hand schickte er Dschu-Dschung fort, ließ ihn aber auch – was zu seiner Ehre gesagt werden muß – seine Winter- und Sommerkleider und einige Decken mitnehmen.

Da Dschu-Dschung sah, daß er ihn nicht mehr behalten wolle, verbeugte er sich viermal, indem er kniend mit dem Kopf die Erde berührte, und ging laut weinend hinaus.

> »Hiao entleibte sich selbst wegen böser Zungen Verleumdung,
> Schenn-Schong auch, ein Opfer der Lüge, nahm sich das Leben –!
> Wie –? Wenn der leibliche Sohn ein solches Unrecht erleidet,
> Soll mich verwundern noch das harte Schicksal der Waise?« –

Als der Vater Dschu-Dschungs, Tjin-Leáng, seinerzeit sich in das Tien-Dschu-Kloster zurückzog, wo er den Weihrauch und die Feuer zu hüten hatte, hatte er seinem Sohne nichts davon gesagt. Dschu-Dschung mietete also, nachdem er das Haus Dschu Schih-Laos verlassen, ein sehr bescheidenes Zimmerchen unter der Dschung-An-Brücke, um seine Decken und sonstigen Habseligkeiten unterzubringen, kaufte sich ein Schloß, um die Tür zu verschließen, und machte sich auf, in den langen Straßen und kurzen Gassen von Lin-An seinen Vater zu suchen. So irrte er ununterbrochen mehrere Tage umher, ohne auch nur die leiseste Spur von ihm zu finden. Ratlos, die Nutzlosigkeit seiner Bemühungen einsehend, gab er das

Suchen endlich auf. – Während seines vierjährigen Aufenthaltes im Hause Dschu Schih-Laos hatte er treu und ehrlich gearbeitet und nicht einen Pfennig für sich behalten. Er besaß also nur die drei Taels, welche er ihm beim Abschied gegeben hatte, ein Betrag, der natürlich nicht ausreichte, irgend etwas Vernünftiges anzufangen. Nachdem er hin und her gedacht hatte, fand er, daß ihm doch nur der Ölhandel recht vertraut war; außerdem kannten ihn schon die Ölhändler in der Stadt genau und so, dachte er, wäre es der sicherste Weg, wenn er mit Öl hausieren ginge. Sofort schaffte er sich zwei Ölbottiche und die sonstigen Geräte, die dazu erforderlich waren, an, während er den Rest seines Geldes einer Ölhandlung übergab, um das nötige Öl zu erhalten. In jenem Geschäfte kannte man den jungen Dschu als einen soliden, guten Menschen; ebenso wußte man, daß, während er bisher wegen seiner großen Jugend zunächst im Laden beschäftigt worden war, er heute auf eigene Faust mit Öl hausieren gehen mußte, weil er wegen der Zuflüsterungen des Gehilfen Hsing-Tjüän von seinem Adoptivvater weggeschickt worden war. Und das ging ihnen sehr nahe. Sie waren also entschlossen, ihm zu helfen, wählten das klarste und allerbeste Öl für ihn und gossen sogar noch etwas zu.

Da Dschu-Dschung so vorteilhaft und billig eingekauft hatte, war er selbst auch in der Lage, beim Weiterverkauf das Öl etwas billiger abzugeben, so daß er seinen Vorrat im Vergleich zu anderen Straßenhändlern ganz besonders leicht loswurde und täglich noch einen bescheidenen Gewinn erzielen konnte.

Er sparte am Essen und sparte an seinen sonstigen Bedürfnissen. Dafür kaufte er sich einige Gebrauchsgegenstände des täglichen Lebens, Kleider und dergleichen, und hütete sich wohl, eine unnütze Ausgabe zu machen.

Nur einen Gedanken trug er im Herzen: Er dachte an seinen Vater und erinnerte sich plötzlich, daß er bis jetzt Dschu-Dschung geheißen habe, während sein eigentlicher Name doch Tjin war.

»Wenn nun mein Vater käme, um nach mir zu suchen, hätte er doch keinen Anhaltspunkt«, sagte er zu sich und nahm den Familiennamen Tjin wieder an. Dabei muß ich erwähnen, daß, wenn zum Beispiel ein Mann der höheren Klassen seinen früheren Familiennamen wieder annehmen will, er entweder eine Petition an den

Thron einreichen oder die Angelegenheit den Ministerien für Kultus und die »Große Lehre« und der Akademie unterbreiten muß, damit seine Urkunden geändert werden. Das weiß jedermann. Will aber ein einfacher Ölhändler seinen alten Namen wieder annehmen –, wer kümmert sich darum? Er hat seine eigene Methode. Da werden einfach auf die schönen großen Ölfässer vorn in riesiger Schrift das Zeichen »Tjin« und hinten die Zeichen »Pi-Leáng« geschrieben, damit sie als Firmenschilder dienen und die Leute auf ihn und seinen Namen aufmerksam machen sollen. Von nun an wußte man also auf den Märkten in Lin-An seinen eigentlichen Namen und nannte ihn allgemein den Ölhändler Tjin. –

Es war gerade im zweiten Monat, bei einem Wetter, das weder warm noch kalt genannt werden konnte, als die Priester des Dschao-Tjing-Tempels eine neun Tage und Nächte während Andachtsübung abhalten wollten, zu welchem Zwecke sie sicher viel Öl brauchten. Sofort machte sich unser Tjin mit seinen Ölfässern, die er an einer über die Schulter gelegten Stange trug, nach dem Tempel auf, um dort vielleicht ein gutes Geschäft zu machen. Und die Priester des Dschao-Tjing-Tempels, welche den Ölhändler Tjin schon dem Namen nach kannten und wußten, daß sein Öl nicht nur besser, sondern auch billiger war als das der andern, kauften in der Tat nur von ihm allein, und zwar in solchen Mengen, daß er an allen neun Tagen ununterbrochen nur im Dschao-Tjing-Tempel zu tun hatte. Denn wer an allen Ecken und Enden immer noch etwas abschneidet, um seinen Kunden ja nichts zu schenken, der wird kein reicher Mann; und wer, ehrlich und freundlich, eher etwas mehr gibt als zu wenig, wird trotzdem nichts verlieren.

Am neunten und letzten Tage der Andachtsübung hatte Tjin-Dschung im Tempel wieder seinen ganzen Ölvorrat abgesetzt und trat leicht und frei hinaus in den Sonnenschein; denn das Wetter war heute wunderschön, und es wimmelte von Spaziergängern wie in einem Ameisenhaufen. Tjin-Dschung wandte sich dem Flusse zu, an dem er entlangging, und schaute nach dem Ufer der »Zehn Sehenswürdigkeiten« mit seinen roten Pfirsichbäumen und grünen Weiden hin. Auf dem See herrschte ein reges Treiben von bemalten Blumenbooten, und die Klänge von Flöten drangen zu ihm herüber. Entzückt ging er langsam hin und her und konnte sich nicht sattsehen an dem reizenden Schauspiel. Nachdem er so eine Zeitlang umhergestreift war, fühlte er sich etwas müde und ging wieder nach dem Dschao-Tjing-Tempel zurück, auf dessen rechter Seite sich ein geräumiger Platz befand. Dort ließ er seine Bürde nieder und setzte sich auf einen Stein, um seinen müden Füßen einige Ruhe zu gönnen. Nicht weit von ihm stand ein Haus, mit der Front nach dem See gerichtet, dessen goldlackierte, von Bambus umrahmte Tür innerhalb eines roten Rahmens eine Füllung von feinem Bambusgitterwerk aufwies. Wie aber die Hallen und die inneren Teile des Gebäudes beschaffen waren, konnte er noch nicht sehen. Zunächst fiel ihm die helle und elegante Türhalle auf, in der er plötzlich drei oder vier Männer in schönen Gewändern bemerkte, die aus dem Innern des Hauses getreten waren, und ein junges Mädchen dahinter, welches sie bis zur Tür begleitete. Dort schüttelte man sich zweimal die Hand und verbeugte sich einmal grüßend zum Abschied. Darauf verschwand das Mädchen wieder im Haus.

Tjin-Dschung hatte unverwandt auf diese junge Dame geschaut, deren Gestalt und Gesicht so zart und schön und deren Bewegungen von einer entzückenden Leichtigkeit und Anmut waren. Soviel Schönheit hatten seine Augen noch nicht gesehen, und obwohl der Gegenstand seiner Bewunderung schon längst verschwunden war, starrte er noch immer wie geistesabwesend auf die Stelle hin, bis sein Körper ganz steif wurde. Er war eben ein ganz unverdorbener Junge, der noch nicht wußte, daß es Freudenhäuser und dergleichen gebe. Trotz langen Nachdenkens konnte er mit sich nicht ins reine darüber kommen, was das wohl für ein Haus wäre. Da, während ihn gerade diese Zweifel quälten, sah er aus der Tür wieder eine ungefähr in der Mitte ihrer Jahre stehende Frau treten, begleitet von einer Dienerin, welche das Haar nach Kinderart in runden Büscheln auf dem Kopfe trug. Sie lehnte sich an die Tür und schaute müßig umher, während die Alte schon den Ölhändler erblickt hatte und überrascht ausrief: »Ah! Da ist ja gerade ein Ölverkäufer! Eben wollte ich mir welches kaufen! Weshalb sollen wir's nicht von ihm nehmen?« Das Dienstmädchen holte die Ölflasche und kam zu dem Händler heraus. Erst auf ihren Ruf: »Ölhändler –!« bemerkte sie Tjin-Dschung und erwiderte: »Ich habe kein Öl mehr. Wenn deine Herrin Bedarf hat, mag sie bis morgen warten, ich werde ihr's hinbringen.« Das Mädchen, welches auch etwas lesen konnte und auf den Ölbehältern die Zeichen in groben und feinen Pinselstrichen gesehen hatte, sagte ihrer Herrin, daß jener Ölverkäufer Tjin hieße. Nun hatte diese auch schon sagen hören, daß ein Ölhändler Tjin sich durch große Ehrlichkeit und Gefälligkeit bei seinen Geschäften auszeichne. Sie ließ daher Tjin-Dschung sagen, sie brauche täglich Öl; wenn er sie damit versorgen wolle, würde sie dauernde Kundin bleiben. Da Tjin-Dschung also durch den Abschluß mit der alten Frau wieder ein gutes Geschäft gemacht hatte, nahm er sich vor, die neue Kundschaft nicht lässig zu bedienen. »Wenn ich nur wüßte,« sagte er, nachdem die Alte mit dem Mädchen wieder hineingegangen war, nachdenklich zu sich, »in welchem Verhältnis diese Frau zu jener schönen Dame steht! Da ich nun täglich Öl in dieses Haus bringen soll, werde ich – nicht zu reden von dem schönen Verdienst – mich auch an ihr sattsehen können. Wirklich ein Glück, das mir die Vorsehung bestimmt hat.« Er wollte gerade mit seiner Last weggehen, als er bemerkte, wie zwei Sänftenträger, welche eine Sänfte mit hellgrünseidenen Vorhängen trugen, in Begleitung zweier junger Diener im Laufschritt daherkamen. Vor der Tür jenes Hauses angekommen, setzten sie die Sänfte nieder, während die beiden Diener im Innern verschwanden. Tjin-Dschung sagte zu sich: »Das ist doch wieder merkwürdig! Ich muß mal sehen, wen sie da abholen.«

Schon nach kurzer Zeit erschienen zwei Dienerinnen, deren eine mit dem Blute des gelben Affen gefärbte Decken trug, während die andere einen Besuchskasten aus rotlackiertem Bambus, der über und über mit Blumen in Lack verziert war, in den Händen hielt. Beides übergaben sie den Sänftenträgern, welche die Sachen unter den Sitz der Sänfte legten. Fast zu gleicher Zeit kamen die beiden Pagen mit einem Zitherbeutel und einigen Handrollen heraus, an deren Ende eine kostbare, mit grünem Jade verzierte Flöte hing, und folgten ehrerbietig der voranschreitenden jungen Schönen. Nachdem sie eingestiegen war, hoben die Sänftenträger an und entfernten sich in der Richtung nach der Großen Straße, indem die Dienerinnen und Knaben alle hinter der Sänfte zu Fuß einhergingen. –

Da Tjin-Dschung die schöne junge Dame wieder einmal hatte genau betrachten können, häuften sich in seinem Herzen die Zweifel und ungewissen Vermutungen. Kurz entschlossen warf er aber die Tragstange über die Schultern, nahm seine Ölbottiche und machte sich, immerhin befriedigt von dem, was er gesehen hatte, davon. Er war noch nicht lange gegangen, als ihn nahe am Fluß eine Reisweinschenke zur Einkehr lockte. Obwohl Tjin-Dschung gewöhnlich keinen Schnaps trank, setzte er doch heute, weil ihn der Anblick der schönen Dame freudig gestimmt, andererseits aber auch in eine gewisse Aufregung und Traurigkeit versetzt hatte, seine Ölfässer nieder, trat in die Schenke und setzte sich in eine Ecke. Der Kellner kam und fragte, ob er noch andere Gäste eingeladen habe, oder ob er allein trinke. Tjin-Dschung bejahte letzteres. »Bringen Sie nur vom besten. Aber nicht mehr als drei Schalen und dazu frische Früchte. Ich esse keine fetten Speisen.«

Als ihm der Kellner eingoß, fragte Tjin-Dschung: »Wer wohnt dort drüben hinter jener Mauer mit dem goldlackierten Tor?«

»Das ist Herrn Tjis Blumengarten«, antwortete der Kellner. »Jetzt wohnt dort eine Frau Wang Djiú-Ma.« »Eben sah ich«, fuhr Tjin-Dschung fort, »eine junge Dame in eine Sänfte steigen. Wer war das?«

»Ja, das ist eine berühmte Courtisane mit Namen Wang Meï-Niáng. Man nennt sie allgemein nur die ›Blumenkönigin‹. Sie ist aus Pi-Leáng, wurde aber damals hierher verschlagen. Sie kann die Flöte blasen, Zither spielen, dichten und tanzen, auch Schach spielen, schönschreiben und malen: und zwar alles meisterhaft! Mit ihr verkehren nur große Leute; denn unter zehn Taels für eine Nacht ist da nichts zu machen. Kleine Leute können natürlich gar nicht 'ran! Anfangs wohnten sie außerhalb des Yung-Tjin-Tores. Weil sich das Haus aber später als zu eng erwies, überließ ihnen ein Herr Tji, welcher mit ihnen sehr befreundet ist, vor einem halben Jahre diesen ›Blumengarten‹.«

Als Tjin-Dschung hörte, daß sie aus Pi-Leáng sei, überkamen ihn Heimatsgedanken, und eine seltsam-freudige Erregung – als ob er ihr nun näher stände – bemächtigte sich seiner. Rasch trank er die drei Becher, bezahlte und ging mit seiner Last davon, auf dem ganzen Wege die schönsten Zukunftspläne schmiedend. »Ist es nicht schade,« sagte er zu sich, »daß ein so schönes Mädchen in ein Bordell fallen muß?«, um gleich darauf im stillen über sich zu lachen: »Wenn sie nicht in das Bordell geraten wäre, wie hättest du, ein Ölhändler, sie sonst zu Gesicht bekommen können?« Nach einer

Weile wurde er noch närrischer: »Der Mensch lebt nur ein Leben, und das Gras grünt nur einen Herbst. Wenn ich in enger Umschlingung mit einem so holden Weibe nur eine Nacht verbringen dürfte, würde ich süßen Herzens sterben. Ach, aber ich bin ja nur ein armer Teufel, der sich täglich mit diesen Dingern hier abquält und nur ein paar Pfennige heimbringt. Wie komme ich überhaupt auf so törichte Gedanken? Als ob eine aussätzige Kröte im schmutzigen Wasserloch sich auf einmal einbilden wollte, sie müßte Schwanenfleisch fressen! Wie kann sie das?! Die, mit denen sie verkehrt, sind alle Prinzen und Fürsten. Ich bin nur ein Ölhändler, und wenn ich auch Geld hätte, würde sie mich doch nicht empfangen. Aber, wie ich gehört habe, wollen die Bordellwirtinnen nur Geld haben, und selbst einen Bettler würden sie annehmen, wenn er nur Geld hat. Weshalb soll ich da, ein Kaufmann und anständiger Mensch, fürchten, abgewiesen zu werden, wenn ich bezahle? Wenn nur diese zehn Taels nicht wären! Woher sollen sie geflogen kommen?« – So dachte er auf dem ganzen Weg hin und her. Und nun sagt einmal: Gibt es nicht recht närrische Menschen auf Gottes Erde? Hat da so ein kleiner Krämer kaum drei Taels »Kapital« und will für zehn Taels hingehen und sich von einer berühmten Courtisane Gesellschaft leisten lassen! Ist das nicht ein törichter Frühlingstraum?

Aber ein altes Wort sagt: Wer den festen Willen hat, erreicht am Ende doch sein Ziel. –

Nachdem dieser eine Gedanke von Tjin-Dschung tausendmal durchdacht worden war, kam er zu folgendem Entschluß:

»Von morgen ab legst du täglich das, was dein Geschäftskapital übersteigt, beiseite. Wenn ich jeden Tag auch nur einen Kandareen spare, so gibt das immerhin in einem Jahre die Summe von drei Taels und sechs Cash. Nur drei Jahre, und ich hab's geschafft!

Wenn ich täglich drei Kandareens zurücklege, so brauche ich nur die Hälfte der Zeit. Spare ich aber noch etwas mehr, kann ich's auch ungefähr in einem Jahre fertigkriegen!« –

In solche Gedanken und Erwägungen versunken, war er plötzlich vor seinem Hause angekommen. Fast mechanisch schloß er die Tür auf und trat ein.

Als er daheim war und ihm die Armseligkeit seines Lagers so recht vor Augen trat, stürzte der arme Ölhändler aus der phantastischen Welt, zu der er sich unterwegs emporgeträumt hatte, wieder jäh herab. Niedergeschlagen und traurig, nicht mehr getragen von dem erhebenden Gefühle der Zuversicht, suchte er, sogar ohne gegessen zu haben, sein Lager auf, wo er sich die ganze Nacht unruhig umherwälzte und seine erhitzte Phantasie krampfhaft bemüht war, immer wieder das Bild des Mädchens mit ihrem mondschönen Gesicht und ihrer Blumengestalt heraufzubeschwören und festzuhalten. Wie hätte also der Schlaf kommen sollen, da er sich in einer solchen Erregung befand, daß bald sein Herz ängstlich versagte wie das eines Affen, bald seine Begeisterung und sein Entschluß stark wurde wie ein Pferd!

Als endlich der Morgen graute, erhob er sich wie zerschlagen. Er brachte seine Ölfässer in Ordnung, kochte sein Frühstück, aß ein wenig und machte sich, nachdem er die Tür verschlossen, mit seinem Öl auf den Weg, geradeaus zur Frau Wang. Er wagte aber nicht einzutreten, sondern steckte nur seinen Kopf durch die Tür und schaute sich um. Frau Wang Djiú-Ma, welche eben erst aufgestanden war und noch mit ganz zerzaustem Haar dastand, gab gerade ihrem Boten Weisungen, Reis und Gemüse zu kaufen. Als Tjin-Dschung ihre Stimme hörte, rief er ihren Namen. Sie blickte hinaus, und als sie den Ölhändler Tjin erkannte, sagte sie mit freundlichem Lächeln: »Guter, zuverlässiger Mensch, Sie haben wirklich Wort gehalten«, und forderte ihn auf, mit seinem Öl hineinzukommen. Dann wog sie eine Flasche von mehr als fünf Catty ab und gab ihm sein Geld, das er, ohne um den Preis zu feilschen, nahm. Wang Djiú-Ma sagte also hocherfreut: »Diese Flasche Öl reicht bei uns nur zwei Tage. Wenn Sie immer einen Tag um den andern wiederkommen wollen, werde ich es nicht wo anders holen.« Tjin-Dschung versprach es, nahm sein Öl und war draußen; es ärgerte ihn nur, die Blumenkönigin nicht gesehen zu haben. Immerhin empfand er lebhafte Freude über diese neue Kundschaft. »Sehe ich sie das erstemal nicht, so sehe ich sie das zweitemal; sehe ich sie das zweitemal nicht, dann das drittemal! – Nur ist es wieder eine faule Sache, wenn ich allein wegen der Frau Wang Djiú-Ma diesen weiten Weg mit meiner Last machen soll! Das wäre kein Geschäft! Aber halt! Von hier ist der Dschao-Tjing-Tempel bequem zu erreichen. Wenn sie heute dort auch keine Andachtsübung mehr abhalten, so können sie vielleicht doch etwas Öl brauchen. Ich gehe am besten hin und frage sie. Wenn es mir gelingt, jeden Klosterbruder zu meinem Kunden zu machen, brauche ich nur diesen Weg durch das Tjién-Tang-Tor zu gehen, und mein Ölvorrat wird schon ausverkauft werden.« Als nun Tjin-Dschung im Tempel angekommen war und fragte, ob hier Bedarf an Öl sei, traf er es sehr gut; denn die Mönche hatten auch gerade an Tjin gedacht, der sie so gut bedient hatte, und kauften alle in größeren oder kleineren Mengen. Außerdem verabredete Tjin-Dschung mit jedem von ihnen, daß er alle zwei Tage wiederkommen könne. Da hatte er also zwei Fliegen auf einen Schlag! Jetzt brauchte er nur an den Tagen, die er noch frei hatte, in anderen Straßen und Gassen seinem Handel nachzugehen, an dem folgenden machte er dann jedesmal den Weg durch das Tjién-Tang-Tor. Sobald er nämlich dieses Tor hinter sich hatte, führte ihn sein Weg zunächst zu Frau Wangs Haus, wo er unter dem Vorwande, Öl zu verkaufen, seine Blumenkönigin sehen konnte. Manchmal glückte es ihm auch, aber manchmal nicht. Hatte er sie einmal nicht getroffen, verschwendete er eine Unmenge von Gedanken, und war er so glücklich gewesen, einen Blick von ihr zu erhaschen, ging es ihm nicht anders.

>»Des Himmels Weiten, der Erde Zeiten, einst haben ein Ende,
Doch dieses Sehnen und dieses Lieben erschöpfen sich nimmer.«

Tjin-Dschung war nun schon oft bei Wang Djiú-Ma gewesen, so daß im Hause alle, groß und klein, den Ölhändler Tjin kannten.

Die Zeit vergeht schnell, und unbemerkt war über ein Jahr verflossen. Mochten die Einnahmen des Tages groß oder klein sein, immer hatte er Stückchen auf Stückchen klingenden Silbers gehäuft, manchmal drei Kandareens, manchmal zwei, und, wenn's gar sehr wenig wurde, einen. Sobald er mehrere beisammen hatte, wechselte er sie gegen ein großes Stück ein. Indem er so Tag für Tag und Monat für Monat sparte, war schon ein ansehnlicher Haufen daraus geworden, dessen Wert ihm selbst unbekannt war, da sein Schatz in so mühsamer Weise aus kleineren und größeren Stücken zusammengetragen war.

Eines Morgens – es war der Tag, an dem er nicht bei Frau Wang und im Kloster zu tun hatte, und es regnete in Strömen – beschloß er, nicht seinem Geschäfte nachzugehen. Er blieb also zu Hause, und wie er die große Menge Silber betrachtete, konnte er ein Gefühl der Freude nicht unterdrücken, das ihn darauf brachte, heute, wo er doch Muße hatte, sein Geld einmal wiegen zu lassen, um seinen zahlenmäßigen Wert zu erfahren. Er nahm den Regenschirm aus geöltem Papier und ging in den Laden eines Silbergießers gegenüber, um eine Wage zum Austausch seiner Stücke gegen größere zu leihen. Der Silberschmied, ein mürrischer und unfreundlicher Mensch, welcher geringschätzig dachte: »Wieviel Geld kann denn so ein Ölhändler haben, daß er eine Wage braucht?« gab ihm nur eine für fünf Taels und äußerte noch Bedenken, daß er sie nicht benutzen könnte, weil sie wohl noch zu groß sei.

Tjin-Dschung öffnete, ohne ein Wort zu sagen, das Paket mit dem Silber, welches meistens kleine Münzen enthielt. Solche von der Größe eines »Schuhs« waren nur selten, dafür gab's aber um so mehr kleineres Geld. Der Silberschmied, einer von den »kleinen Leuten« mit sehr »seichten Augenhöhlen«, machte nun ein ander Gesicht, da er das viele Geld sah, und dachte bei sich: »Na ja, den Menschen kann man halt nie nach seinem Äußeren beurteilen, wie man das Meerwasser nicht mit Scheffeln messen kann.« Eilfertig gab er eine größere Wage her und langte sehr viele große und kleine Gewichte heraus, so daß Tjin-Dschung das ganze Paket wiegen konnte. Und siehe da: Alles zusammen machte nicht einen Pfennig mehr und nicht einen Pfennig weniger als sechzehn Taels, oder – nach Warenwert gerechnet – ein Djin. Tjin-Dschungs erster Gedanke war jetzt: »Wenn ich die drei Taels Geschäftskapital abziehe und das übrige für eine ›Nacht unter den Blumen und Weiden‹ ausgebe, bleibt mir immer noch etwas. Aber ich kann unmöglich so kleines Geld ausgeben! Wenn man das tut, wird man von diesen Leuten geringschätzig angesehen. Da ich nun gerade im Laden des Silbergießers bin, will ich mir sie einfach gegen ›Silberschuhe‹ eintauschen. Es sieht auch feiner aus.« Darauf wechselte er zehn Taels in einen schönen großen, vollwertigen »Silberschuh« um, desgleichen einen Tael und acht Cash in einen kleineren Ding,[12] der bis auf ein Wasserspritzerchen jenen Wert besaß, und für den Rest von vier Taels 2 Cash ließ er sich ebenfalls ein kleineres Stück geben, um seine Schuld beim Öllieferanten zu begleichen. Für einige andere Cash erstand er ein Paar Schuhe mit eingelegter Arbeit und helle Strümpfe und versah sich mit einem neuen Wan-Tse-Kleide. Nach Hause zurückgekehrt, wusch er seine Unterkleider so rein, wie er konnte, und kaufte sich dann einige wohlriechende Kosmetika, mit denen er sie parfümierte. Eines schönen klaren Tages beschloß er, sein kühnes Unternehmen durchzuführen. Schon in aller Frühe stand er fix und fertig da: Wenn auch kein reicher, angesehener und mächtiger Gast im Hause der Blumen, so doch ein netter, braver, junger Mann, den man gern akzeptiert! – Nachdem er noch seine Taels in den Ärmel gesteckt hatte, verschloß er die Tür und ging schnurstracks zu Frau Wang, nicht gerade in sehr gehobener und zuversichtlicher Stimmung; war doch die Aufregung, die ihn ergriffen hatte, ganz begreiflich. Vor der Tür des eleganten Hauses angelangt, begann er sich ein wenig zu schämen: »Gewöhnlich bin ich mit meinen Fässern hier, als Ölverkäufer, und heute will ich plötzlich ihr ›wilder Gast‹ sein. Was soll ich nur sagen?« Während er noch gerade unschlüssig und zögernd dastand, hörte er das Geräusch einer aufgehenden Tür, und Wang Djiú-Ma erschien draußen. Als sie Tjin-Dschung sah, fragte sie erstaunt: »Aber, Herr Tjin, wie denn so fein heute und – nicht auf Arbeit? Wohin wollen Sie denn? Was haben Sie nur vor?« Da es schon soweit gekommen war, mußte er sich zusammenreißen. Er grüßte also mit höflicher und förmlicher Verbeugung, so daß die Alte wohl oder übel seinen Gruß erwidern mußte.

»Mich führt nichts anderes her,« stammelte er noch etwas verlegen, »ich bin nur gekommen, Sie zu besuchen.« Die Bordellwirtin, eine alte Frau, die sich im Laufe der Jahre ihre Erfahrung gesammelt hatte, konnte seine Gedanken auf dem Gesicht lesen. Da sie ihn so außergewöhnlich gut angezogen sah, er zudem erklärte, seinen Besuch machen zu wollen, so gehörte schließlich nicht sehr viel dazu, um sofort zu wissen, daß er ein Auge auf eines ihrer Mädchen geworfen haben müßte, um sich eine Nacht mit ihm zu vergnügen

---

[12] Ding = »Silberschuh« Geldstück

oder doch bei einer Tasse Tee mit ihm allein zu sein. »Wenn er auch als Kunde kein großmächtiger Bôdhisattva ist, so kann's doch schon auf etwas Gemüse oder ein paar Krabben reichen, was er einbringt! Und ich sehe nicht ein, weshalb man von ihm nichts verdienen soll, auch wenn's vielleicht gerade nur für etwas Gemüse reicht. Auch nicht zu verachten!« – Sie sagte also, übers ganze Gesicht sehr freundlich lächelnd: »Wenn Sie mich besuchen, Herr Tjin, dann wird gewiß dabei etwas für mich herausschauen, nicht?«

»Ich habe Ihnen etwas zu sagen,« antwortete Tjin-Dschung, »das sich nicht recht über meine Lippen traut. Es ist mir etwas peinlich, den Mund aufzutun.«

»Aber sprechen Sie nur ruhig, Herr Tjin, nichts hindert Sie«, ermunterte Frau Wang und bat ihn, ihr ins Empfangszimmer zu folgen, damit er sich näher erkläre. Obwohl nun Tjing-Dschung von Geschäfts wegen schon viele hundert Male bei Frau Wang gewesen war, so hatten doch die schönen Stühle im Salon noch keine Bekanntschaft mit seinem Gesäß gemacht. Erst heute sollten sie sich von Angesicht zu Angesicht kennenlernen. Als man dort angelangt war, konnte Frau Wang nicht gut die nötige Rücksicht außer acht lassen und forderte ihren Gast auf, auf dem Ehrensessel oben Platz zu nehmen. Dann rief sie nach Tee, welchen nach kurzer Zeit ein Mädchen hereinbrachte. Da es in ihm sofort den Ölhändler Tjin erkannte und sich wirklich nicht erklären konnte, weshalb ihn ihre Herrin so höflich und zeremoniell behandelte, neigte sie ihren Kopf und konnte ein Lächeln nicht unterdrücken. Als Wang Djiú-Ma diese Ungezogenheit bemerkte, sagte sie tadelnd: »Weshalb lachst du? Weißt du denn nicht, wie du dich vor Gästen zu benehmen hast?« Erst nachdem die Dienerin, welche sofort ernst geworden war, mit den Teetassen wieder hinausgegangen war, fragte Wang Djiú-Ma den jungen Mann, was er ihr denn zu sagen hätte.

»O, es ist nichts weiter,« entgegnete Tjin-Dschung in einiger Befangenheit, »ich will nur eines Ihrer Mädchen zu einem Glase Wein einladen.«

»Na, Sie werden wohl gewiß nicht nur ein Glas Wein in schöner Gesellschaft trinken wollen – –?! Sie sind ein sehr braver Mensch, das weiß ich. Aber sagen Sie mal, wie lange tragen Sie sich denn schon mit dem Gedanken, sich mal genauer davon zu überzeugen, wie's hier aussieht?«

»Wenn ich offen sein soll, ist's nicht nur einen Tag her.«

»Nun, Sie kennen ja alle meine lieben Mädchen hier, aber ich weiß wirklich nicht, an welcher – Sie ganz besonderen Gefallen gefunden haben«, betonte sie etwas amüsiert mit schelmischem Augenaufschlag.

Tjin-Dschung erwiderte energisch: »Die will ich alle nicht! Ich will nur mit der ›Blumenkönigin‹ eine Nacht zusammensein.«

Frau Wang traute ihren Ohren nicht: »Sie scherzen, mein Bester,« konnte sie nur herausbringen, als sie sich von ihrem Erstaunen erholt hatte. Dann veränderte sie ihr Gesicht: »Sie wissen da bei Ihren Worten keine Grenze einzuhalten«, sagte sie streng. »Wollen Sie mich etwa zum besten haben –?«

»Wie könnte ich das wagen«, entgegnete Tjin-Dschung, »ich bin ein aufrichtiger, ehrlicher Kerl, wie sollte ich Hintergedanken haben –?«

»Ja, ein Mistfaß hat auch zwei Ohren«, unterbrach ihn Frau Wang bissig, noch immer aufgebracht über die ihr zugefügte Kränkung. »Mistfässer haben auch zwei Ohren! Wie können Sie nicht wissen, daß der Preis für den Leib meiner schönsten Dame so hoch ist, daß Sie ihn gar nicht bezahlen können! Wenn Sie auch Ihren ganzen Herd und allen Krempel verkaufen, den Sie haben, würde der Erlös doch noch nicht für eine halbe Nacht genügen! Ich weiß nicht«, fuhr sie achselzuckend ruhiger fort, »nehmen Sie doch eine andere, damit Sie auf Ihre Kosten kommen!«

Tjin-Dschung zuckte mit den Achseln, streckte schnell einmal die Zunge heraus und antwortete: »Oh, Sie wollen mir gewiß Angst machen. Fast wage ich nicht zu fragen, wieviel tausend Taels Ruhegeld eine Nacht mit Ihrer ›Blumenkönigin‹ kostet.«

Als ihn Frau Wang so reden hörte, ja, ganz erstaunt war, daß er nach dieser Entdeckung überhaupt noch reden konnte, erholte sie sich rasch von dem Ärger über ihre gekränkte Ehre; denn sie schien etwas zu wittern. Daher tat sie, als ob sie sich überhaupt nicht aufgeregt hätte, und sagte, indem sie ihr gewinnendstes Lächeln aufsteckte, scherzhaft abwehrend: »Wie denn soviel?! Ich verlange nur zehn Taels; aber Nebenauslagen und Trinkgelder exklusive!«

»Nun, das ist doch nicht soviel«, sagte er gleichgültig und nahm aus dem Ärmel den größten »Schuh« von feinem glänzenden Silber, reichte ihn der Bordellmutter hin und erklärte: »Er hat seine vollen zehn Taels an Gewicht und Wert. Bitte, nehmen Sie nur –!« »Und für diesen«, damit zog er einen zweiten Ding hervor und gab ihn der Alten, »muß ich Sie bemühen, mir das Nötige zu besorgen, damit ich meinen Pflichten als Gastgeber nachkommen kann. Er ist zwei Taels wert. Wenn Sie meinen Wunsch erfüllen, werde ich Ihnen die gute Tat nie vergessen, weder jetzt noch im Tode, und auch später will ich mich dafür noch öfter erkenntlich zeigen.«

Kaum hatte Wang Djiú-Ma das große Stück Silber erblickt, da brachte sie es auch nicht mehr fertig, es aus der Hand zu lassen. Andererseits aber fürchtete sie doch, er könnte, heute noch in gehobener Stimmung, morgen schon, wenn er kein Geld haben würde, sein Geschäft weiterzubetreiben, den Leichtsinn tief bereuen. So wollte sie ihm wenigstens noch einmal ins Gewissen reden: Wenn er dann noch darauf bestand, ihr sollte es schon recht sein.

Sie sagte also: »Diese zehn Taels, lieber Herr Tjin, sind für so einen kleinen Kaufmann wie Sie gewiß nicht leicht zu ersparen gewesen. So was müssen Sie sich noch dreimal überlegen, ehe Sie es ausführen.«

»Mein Entschluß steht fest«, entgegnete Tjin-Dschung, »bemühen Sie sich nicht weiter!«

Frau Wang steckte also die beiden »Silberschuhe« in ihren Ärmel und sagte: »Gut, gut, wenn Sie durchaus wollen – –! Aber es gibt noch sehr viele Schwierigkeiten zu überwinden, Herr Tjin!«

»Sie sind hier Herrin im ganzen Hause: Was für Schwierigkeiten sollten da sein?«

Die Alte erwiderte: »Hören Sie, das ist nicht so einfach: Unsere Meï-Niáng verkehrt nur mit Prinzen und vornehmen Herren, mit reichen und mächtigen Leuten. Es ist bei uns wirklich so, wie es in dem bekannten Liede heißt:

»Nur Gelehrte versammeln sich hier zu Scherz und
fröhlichem Plaudern,
Zum intimen Verkehr – kommen nur Leute von Rang!«

Da sie natürlich weiß, daß Sie der Krämer Tjin sind, wird sie Sie
so ohne weiteres nicht empfangen wollen!«

»Nun, ich verlasse mich auf Sie und Ihren guten Willen. Tun Sie
Ihr möglichstes, um diese Sache zu arrangieren, und ich werde
Ihnen sehr dankbar sein und Sie nie vergessen!«

Da Wang Djiú-Ma sah, daß er so fest entschlossen war, runzelte
sie nachdenklich die Stirn, und schon kam ihr ein Gedanke. La-
chend sagte sie:»Na, ich werde schon Rat für Sie wissen. Wir wollen doch mal sehen, ob Sie Glück haben. Gelingt es mir, brauchen
Sie mir nicht zu besonderem Danke verpflichtet zu sein; wenn nicht,
dürfen Sie sich nicht in ärgerlichen Vermutungen ergehen. Mein
schönes Töchterlein ist seit gestern bei einem Gelage im Hause des
Zensors Li und noch nicht zurück; heute hat sie sich mit dem Sekretär Huáng verabredet; sie wollen eine Fahrt auf dem See unternehmen; morgen ist sie von Tschang Schan-Jenn und anderen geistrei-
chen, lustigen Brüdern zu einer Dichtergesellschaft eingeladen, und
für übermorgen hat schon der Sohn des Präsidenten Han vor einigen Tagen eine Einladung hierher ergehen lassen. Sie kommen also
überübermorgen!

Und noch ein Wort, lieber Herr Tjin: Sie dürfen in diesen Tagen
nicht etwa als – Geschäftsmann zu mir kommen, nicht wahr? um sie
so nicht vorher zu kompromittieren. Und noch eins: Die Tuchklei-
der, die Sie da tragen, – Sie verstehen? – entsprechen nur wenig der
Eleganz eines vornehmen Gastes. Wenn Sie wiederkommen, ziehen
Sie doch bitte ein seidenes mit Satinbesatz an den Ärmeln an, damit
diese Mädchen hier nicht erkennen, daß Sie der Herr Tjin sind und
ich Sie leichter für meinen intimen und ihr standesgemäßen Freund
ausgeben kann.«

»Ich begreife alles«, sagte Tjin-Dschung, nahm Abschied und ent-
fernte sich. Wie er versprochen, ließ er in diesen drei Tagen jeden
Handel ruhen und ging nicht hinaus, sein Öl zu verkaufen, vielmehr benutzte er die Zeit, ein Pfandhaus aufzusuchen, wo ein bereits fertiges, ziemlich neues seidenes Kleid schnell gekauft war.

Nachdem er es angezogen hatte, ging er auf die Straße hinaus, um im müßigen Umherschlendern sich in den Allüren eines gebildeten jungen Mannes zu üben, eingedenk der Regel:

»Sahst du staunend noch nicht der Blumenhöfe Geheimnis,
Übe ernst dich zuvor nach des Konfuzius Lehr'!«

Nachdem diese schlimmen drei Tage des Wartens endlich vergangen waren, stand er – das brauche ich wohl nicht erst zu erwähnen – am vierten in aller Frühe auf und begab sich zu Frau Wang. Natürlich kam er zu zeitig, denn das Haustor war noch nicht geöffnet. Er beschloß also, ein bißchen umherzuschlendern und dann wiederzukommen. Nach dem Dschao-Tjing-Tempel wagte er aber nicht zu gehen, da er diesmal so selten und außergewöhnlich gut angezogen war, aus Furcht, von den Mönchen groß angesehen zu werden. Vielmehr wandte er sich dem Ufer der zehn Sehenswürdigkeiten zu, langsam dahinspazierend, um nach ziemlich langer Zeit wieder zu dem Hause Wang Djiú-Mas zurückzukehren. Die Tür stand schon offen. Aber was war das? – Vor dem Hause hielten eine Sänfte und Pferde, und drinnen im Hofe saßen sehr viele Diener umher. Obgleich nun Tjin-Dschung ein einfältiger junger Mann war, so besaß er doch Klugheit und Geschicklichkeit genug, nicht hineinzugehen. Er winkte nur unauffällig einen Pferdeknecht zu sich heran und fragte, wem diese Sänfte und Pferde gehörten. Sie wären aus dem Palais Han gekommen, um den jungen Herrn abzuholen, antwortete der.

Tjin-Dschung, dem es schon bekannt war, daß der junge Han die Nacht über hier gewesen war, wußte nun, daß er sich noch nicht verabschiedet hatte. Er drehte sich also wieder um und ging in ein Restaurant, um etwas Tee und Reis zu genießen, welche stets fertig bereitstanden. Nachdem er hier eine Weile gesessen, kehrte er wieder zu Frau Wang zurück, um sich jetzt Bescheid zu holen. Mit Erleichterung sah er zunächst, daß Pferde und Sänfte bereits weg waren, und als er eben durch die Tür eintreten wollte, kam ihm schon Wang Djiú-Ma mit Worten der Entschuldigung entgegen: »Verzeihen Sie, mein lieber Herr Tjin, ich weiß, ich habe ein Verbrechen an Ihnen begangen. Aber heute hat sie wieder keine Zeit; eben hat sie der junge Han nach einem seiner Güter da im Osten der Stadt geschleppt, um sich in aller Frühe mit ihr die Pflaumenblüte anzusehen. Und – er ist Stammgast bei uns! Ich konnte mich dem nicht widersetzen. Nun mußte ich auch zu meinem Überdruß hören, daß sie für heute noch plant, nach dem Ling-Yin-Tempel zu gehen, um einen Priester und bekannten Schachmeister aufzusuchen, mit dem sie gern eine Partie spielt. Auch Herr Sekretär Tji hat vorgesprochen und sich wieder zwei- oder dreimal mit ihr verabredet. Er ist unser Hauswirt: Es ging wirklich nicht an, ihn abzuweisen. Leider bleibt er, wenn er einmal da ist, immer gleich drei bis fünf Tage hier, so daß auch ich Ihnen keinen bestimmten Tag versprechen kann. Lieber Herr Tjin, wenn Sie wirklich eine Nacht mit Meï-Niáng verbringen wollen, so haben Sie bitte doch Geduld und warten noch einige Zeit. Wollen Sie das nicht, so bin ich gern bereit, Ihnen das Geld, welches Sie mir damals gaben, ohne auch nur einen Pfennig berührt zu haben, zurückzustellen.«

»Nein, nein«, erwiderte Tjin-Dschung, »ich fürchte nur, Sie könnten Ihr Versprechen nicht erfüllen! Es kann ruhig später werden; wenn's nur gelingt, warte ich gern auch zehntausend Jahre!«

»Da es so steht, will ich schon sehen, was sich machen läßt«, beruhigte Frau Wang. –

Darauf verabschiedete sich Tjin-Dschung und war eben im Begriff zu gehen, als ihn die Alte noch einmal zurückrief: »Ich habe Ihnen noch etwas zu sagen«, begann sie. »Kommen Sie bitte doch das nächstemal nicht morgens, sondern nachmittags, so zwischen drei und fünf Uhr, ja? wenn Sie wieder einmal nachsehen, wie es steht. Ich werde Ihnen dann aufrichtig Bescheid sagen, ob Gäste da sind oder nicht. Aber je später Sie da sind, desto besser, Herr Tjin. Das paßt so in meinen fein ausgedachten Plan.

Verargen Sie mir das darum nicht, auch wenn Ihnen mein Wunsch etwas seltsam erscheinen sollte!«

Tjin-Dschung versicherte in einem Atem, daß es ihm nicht einfallen könnte, und empfahl sich.

An diesem Tage tat er nichts mehr. Am folgenden machte er seine Ölfässer zurecht und suchte auf seinen Hausiergängen andere Orte auf, indem er sich wohl hütete, den Weg durch das Tjién-Tang-Tor zu nehmen. Jeden Tag, wenn seine Arbeit beendet war und der Abend herankam, warf er sich in seinen eleganten Anzug und ging zu Frau Wang, um zu fragen, wie die Sache stände. Aber Meï-Niáng hatte halt immer keine Zeit und wieder verging über ein Monat, ohne daß er das Ziel seiner Sehnsucht erreicht hätte.

Es war der fünfzehnte Tag im zwölften Monat. Unaufhörlich fielen die Schneeflocken leise und dicht zur Erde. Als unter der Einwirkung des Westwindes der Himmel endlich wieder in wolkenloser Klarheit erstrahlte, lag der Schnee zu Bergen aufgetürmt und eine eisige Kälte herrschte. Glücklicherweise blieb die Erde trocken.

Wie gewöhnlich war Tjin-Dschung während der größeren Hälfte des Tages seinen Geschäften nachgegangen, darauf, wie immer, in seinem feinen Staat zu Frau Wang gegangen, um nun schon zum wievielten Male die eine Frage zu stellen. Aber heute kam ihm die Alte mit lächelndem Gesicht entgegen und meldete mit etwas geschwollener Freundlichkeit: »Heute sind Sie glücklich, heute haben Sie's endlich einmal anders getroffen, lieber Herr Tjin! Die Sache ist schon zu neun und neun Zehnteln in Ordnung!«

»Und was ist's mit diesem einen Zehntel?« fragte Tjin-Dschung.

»Dieses eine Zehntel?« wiederholte die Alte, »ja, Meï-Niáng, das Hauptpersönchen, ist noch nicht da.«

»Kann sie noch rechtzeitig zurückkommen?«

»Aber natürlich! Sie ist nämlich heute beim Gouverneur Yü zum Schneefest eingeladen, woran sich ein Mahl knüpft, das in einem Schiffe auf dem See angerichtet wird. Gouverneur Yü ist ein siebzigjähriger Greis, für den die Zeiten des ›Windes und Mondes‹ schon vorüber sind. Auch hat er versprochen, sie nach der Dämmerstunde zurückzuschicken. Sie gehen doch bitte gleich ins Brautzimmer, um mit einem Becher heißen Reisweins die Kälte hinunterzuspülen. Es weht ein scharfer Wind heute, nicht wahr? Dort warten Sie in aller Ruhe auf sie!«

»Bitte gehen Sie voran, wenn ich Sie bemühen darf!« Darauf führte ihn Frau Wang kreuz und quer durch viele Zimmer, bis sie endlich in einen Raum kamen, in dem sich niemand aufhielt, und welcher wie alle anderen ein Bett, Tisch, Stühle usw. enthielt. Rechts von diesem Wartezimmer für Beamte und andere hohe Gäste lag das Schlafzimmer der Blumenkönigin, welches verschlossen war. Drüben auf der anderen Seite, wenn man von Westen eintrat, war ein Seitenzimmer, in dessen Mitte eine Berg- und Seelandschaft von einem berühmten Meister hing. In den Weihrauchbecken aus schöner alter Bo-schan-Bronze, welche auf einem Tischchen standen, brannte in kleinen Kuchen Drachenspeichelweihrauch, das Zimmer mit seinen Düften erfüllend. Auf den beiden Schreibtischen zur Seite waren einige Antiquitäten geschmackvoll verteilt und an den Wänden hingen in Menge kalligraphische Kopien bekannter Gedichte.

Tjin-Dschung schämte sich, da er dies alles sah, daß er kein gebildeter Mann war, und wagte gar nicht genauer hinzusehen. »Wenn im Vorraum schon solch feiner Geschmack herrscht«, dachte er bei sich, »von welcher Eleganz muß dann erst die Ausstattung ihres Zimmers sein!« Heute Nacht kann ich den Becher der Freuden bis auf den Grund leeren! Und die zehn Taels, die ich für die Nacht ausgebe, oh, wie wenig sind sie!« Wang Djiú-Ma ließ Tjin-Dschung auf dem Gast- und Ehrensitz Platz nehmen, während sie sich selbst auf den Platz der Hausfrau setzte, um ihm Gesellschaft zu leisten. Nach kurzer Zeit erschienen Mädchen mit Lampen und brachten einen »Acht-Genien«-Tisch herbei, auf dem sechs Platten mit frischen Früchten und ein Tablett sorgfältig zusammengestellter Schüsseln mit feinen Gerichten standen. Der gute Wein hatte noch nicht seine Lippen benetzt, aber das feine Aroma, welches von ihm ausging, reizte schon zum Genusse. Frau Wang nahm einen Becher und forderte ihn zum Trinken auf, indem sie sagte: »Da heute alle meine kleinen Mädchens Besuch haben, so müssen Sie schon mit mir vorliebnehmen. Machen Sie sich doch bitte die Brust ein wenig frei und leeren Sie lustig ein paar Becher!«

Tjin-Dschung, der von jeher kein starker Trinker war, und zudem gerade jetzt nur einen Gedanken im Herzen trug, trank kaum einen halben Becher. Nachdem er sich so des öfteren Zwang angetan hatte, entschuldigte er sich, wirklich nicht mehr trinken zu können.

»Ich glaube, lieber Herr Tjin, Sie sind hungrig geworden«, nötigte Frau Wang weiter, »nehmen Sie doch etwas Speise zu sich, dann wird's mit dem Trinken schon wieder gehen!«

Sofort servierte ihm eine Dienerin schneeblütenweißen Reis, indem sie zwei Schüsseln vor ihn hinstellte, deren eine zum Zulangen bestimmt war, und gleichzeitig eine Schüssel mit einer gemischten Suppe. – Die Trinkfestigkeit der Bordellwirtin dagegen war bedeutend höher. Sie hatte es nicht mehr notwendig, ihren Magen durch eine »feste Grundlage« zum Trinken zu präparieren, um ihren Gästen beim Weine wacker Bescheid zu geben. Tjin-Dschung genoß kaum ein Schüsselchen Reis und legte die Eßstäbchen beiseite. »Die Nacht ist lang«, warnte die Alte und nötigte ihn abermals, noch etwas zu sich zu nehmen. Tjin-Dschung füllte denn auch noch einen halben Teller auf, und als er ihn hinuntergewürgt hatte, erschien ein Mädchen mit einer tragbaren Lampe und meldete, daß das Badewasser für den gnädigen Herrn bereit wäre. Obgleich Tjin-Dschung schon vorher gebadet hatte, wagte er nicht recht, sich zu weigern. Es blieb ihm also nichts anderes übrig, als sich im Badezimmer noch einmal mit Seife und wohlriechendem Wasser zu waschen. Nachdem er sich wieder angezogen hatte, kehrte er in das Zimmer zurück, wo Wang Djiú-Ma eben Befehl gab, die Speisen und Schüsseln wegzutragen, während sie selbst den Reiswein in eine warme Kanne goß. – Die Abenddämmerung war längst vorüber und hatte ihre schwarzen Schatten über die Erde gebreitet. Auch die Glocken im Dschao-Tjing-Tempel hatten lange ausgeklungen. Aber Meï-Niáng kam nicht zurück.

>»Edelsteinmädchen, wo jagst du so lange
> Nach Lust und Wonnen in heißer Begier?
> Ein liebender Jüngling erwartet dich bange
> Und schaut sich die Augen aus nach dir!«

Gemeinhin sagt man: Warten macht ungeduldig. Als Tjin-Dschung sah, daß seine Dame nicht zurückkehren wollte, bemächtigte sich seiner eine aufgeregte und niedergeschlagene Stimmung, aus der ihn die Bordellmutter, unablässig zum Wein animierend, durch allerlei Späße herauszureißen sich mühte. Aber es gelang ihr nur wenig, Leben in die Unterhaltung zu bringen.

Indessen verging wieder eine Nachtwache. Endlich hörte man draußen Lärm und Geräusch: Es war die Blumenkönigin, welche heimkehrte, und als eine Dienerin ihre Ankunft gemeldet hatte, erhob sich Wang Djiú-Ma so rasch sie konnte und eilte hinaus, ihr entgegen. Auch Tjin-Dschung hatte sich von seinem Platze erhoben und blieb voller Erwartung stehen. Da sah er Meï-Niáng ganz betrunken, auf eine Dienerin gestützt, hereinwanken, in diesem Zustand ihm doppelt reizvoll und begehrenswert erscheinend. Als sie unter die Tür gekommen war und ihre trunkenen leeren Augen den Schein der Lampen und Lichter im Zimmer, die Becher und Platten mit den Resten von Speisen bemerkten, blieb sie plötzlich mit einer heftigen Bewegung stehen und fragte sofort: »Wer trinkt in meinem Zimmer Wein?« »Liebes Kind«, beeilte sich Wang Djiú-Ma ihr klarzumachen, »es ist ja der Herr Tjin, von dem ich dir neulich erzählt hatte. Er liebt dich schon so lange sehnsüchtig, hat uns bereits auch seine ›Geschenke‹ übersandt. Da du bisher keine Zeit hattest, mußten wir ihn über einen Monat warten lassen. Wie ich wußte, warst du glücklicherweise heute frei und so habe ich ihn hier behalten, damit er dir Gesellschaft leiste.«

»Was ist denn das für ein Herr Tjin?« fragte Meï-Niáng sichtlich unangenehm berührt. »Ich habe noch nie erwähnen hören, daß es unter der Hautevolee Lin-Ans einen Herrn Tjin gibt. Ich werde ihn nicht empfangen.« Darauf wandte sie sich um und wollte gehen. Aber Wang Djiú-Ma öffnete schnell ihre beiden Arme, um sie zurückzuhalten und bat: »Es ist ein so aufrichtiger guter Junge! Ich will dich wirklich nicht mit ihm betrügen!«

Meï-Niáng mußte sich also wohl oder übel wieder umdrehen, und als sie in die Tür getreten war und ihren Kopf erhoben hatte, sah sie auf den ersten Blick, daß ihr dieser Mann bekannt sein müsse; es war ihr aber in diesem Zustande der Betrunkenheit trotz aller Anstrengungen unmöglich, sich auf ihn zu besinnen, und so sagte sie zweifelnd: »Mutter, diesen Mann kenne ich doch –?! Sicher aber ist er kein bekannter junger Herr aus Lin-An, und wenn ich den empfange, wird man mich auslachen.«

»Liebes Kind«, erwiderte Frau Wang, »das ist der Ölhandlungsbesitzer Tjin vom Yung-Djin-Tore. Als wir in der ersten Zeit dort wohnten, wirst du ihn wohl auch einmal getroffen haben und deshalb mag dir sein Gesicht bekannt sein. Du hast dich nicht getäuscht. Weil ich nun gesehen habe, wie aufrichtig und treu er es meint, habe ich's ihm versprochen. Du darfst mich nicht wortbrüchig machen. Liebes Kind, sieh mich an, wie aufgeregt ich bin. Tu mir den Gefallen und behalte ihn diese Nacht bei dir. Ich weiß ja, wie unrecht ich getan habe, aber – –, morgen will ich dich auch um Entschuldigung bitten.« Unter diesen Worten hatte sie bei jedem Satze Meï-Niáng an der Schulter einen Schritt nach vorn gedrängt, so daß diese nicht gegen die Alte ankommen konnte, und ihr nichts weiter übrigblieb, als das Zimmer zu betreten, wo sie sich dem armen Jungen gegenübersah. –

>>Tausendfach schwer ist's, gewiß, zu entrinnen,
Den Bitten der Frau, die dir nahe verwandt.
Aber ein zehnmal noch schwerer Beginnen:
Wenn fort du sollst stoßen die drängende Hand.
Mädchen, und stehen dir auch zehntausend tausend
Wege weit offen, die Welt zu schauen –
Hast du nur einmal dies Haus hier betreten,
Kannst du nicht frei mehr das Leben dir bauen.« –

Tjin-Dschung hatte die ganze Unterredung Satz für Satz gehört, aber in seiner Ungewißheit tat er, als ob er nicht achtgegeben hätte, was da gesprochen wurde.

Nachdem ihm also Meï-Niáng endlich doch den üblichen Gruß geboten hatte, nahm sie neben ihm Platz und betrachtete ihn genau; denn es drängten sich ihr doch viel Zweifel über seine Person im Herzen auf, so daß sie ihre große Unzufriedenheit nicht zu unterdrücken vermochte. Sie hüllte sich also in Schweigen und sprach lange kein Wort. Endlich befahl sie einer Dienerin, warmen Reiswein herbeizubringen und ihn in eine große bronzene Schale zu gießen. Erfreut dachte die Bordellwirtin schon, sie würde sie ihrem Gaste anbieten; aber ihre Erwartung wurde getäuscht; denn das Mädchen leerte sie selbst in einem Zuge.

»Aber, Kind«, mahnte Frau Wang, »du bist schon betrunken! Trinke nun nicht mehr so viel!«

»Ich bin gar nicht betrunken«, beharrte Meï-Niáng trotzig und leerte hintereinander noch zehn Schalen. Das war also schon das zweitemal an diesem Tage, daß sie dem Weine so übermäßig zusprach. Dadurch wurde natürlich ihr schon bedenklicher Zustand nicht besser, und als sie selbst fühlte, sich nicht mehr auf ihren Füßen halten zu können, rief sie ihrer Dienerin zu, das Schlafzimmer zu öffnen und die silberne Nachtlampe anzuzünden. Ohne ihr Haar aufzulösen, ohne sich sogar den Gürtel zu lösen, gerade noch imstande, ihre gestickten Schühchen auszuziehen, fiel sie, schwer vom Weine, in ihren Kleidern aufs Bett und schlief sofort ein.

Als die Bordellwirtin sah, daß sich das Mädchen so unhöflich benahm, konnte sie nicht umhin, sich Tjin-Dschung gegenüber zu entschuldigen: »Meine Tochter hat es sich in letzter Zeit angewöhnt, ihren Launen freien Lauf zu lassen. Was sie heute wieder haben mag! Ich kann mir wirklich nicht denken, weshalb sie so unzufrieden ist. Das liegt aber nicht etwa an Ihnen, lieber Herr Tjin. Nehmen Sie es bitte nicht übel, daß Sie hier so unfreundlich behandelt werden!«

»Wie sollte ich es wagen«, entgegnete Tjin-Dschung höflich und bescheiden wie immer. Nachdem die Bordellmutter, welche ihn immer wieder zu überreden suchte, noch einige Becher zu trinken, ihre vergeblichen Bemühungen endlich eingestellt hatte, begleitete sie ihn in Meï-Niángs Schlafzimmer, wo sie ihm leise ins Ohr raunte:

»Na, die da ist nicht schlecht betrunken! Gehen Sie etwas milde mit ihr um!«

Dann rief sie laut: »Kind, steh auf. Zieh dich aus, damit du besser schläfst.« Aber Meï-Niáng lag schon zu tief im Schlafe, um etwas verstehen, geschweige denn eine Antwort geben zu können, und die würdige Frau wußte nun nichts Besseres mehr zu tun, als sich zu entfernen. Auch das Mädchen, welches die Gläser, Platten und sonstigen Geräte abgeräumt hatte, wünschte, ein letztesmal mit der Hand über den Tisch fahrend, dem gnädigen Herrn Tjin angenehme Ruhe. Tjin-Dschung aber bat noch um eine Kanne heißen Tees, worauf das Mädchen die gewünschte Menge starken Tees aufgoß und ins Zimmer brachte. Dann ging sie, die Tür hinter sich schließend, in den Nebenraum, um sich zur Ruhe zu legen.

Tjin-Dschung war nun endlich mit ihr allein. Während er sie betrachtete, fand er, daß sie fest eingeschlafen war, mit dem Gesicht der Innenseite des Bettes zugekehrt. Die Brokatdecke mußte sie gerade, als ihr die Augen zufielen, unter ihren Körper gedrückt haben. – Indem ihm nun einfiel, daß weintrunkene Leute sich nicht erkälten dürften, wagte er doch nicht, sie zu wecken. Da entdeckte er plötzlich auf einem Geländer noch eine große rote, weichseidene Brokatdecke, welche er ganz leise herabnahm und über den Leib Meï-Niángs legte. Dann regulierte er die silberne Lampe, daß sie einen hellen Schein gab, zog seine Stiefel aus und ging zu Bett, wo er sich an Meï-Niángs Seite niederlegte, indem er mit seiner linken Hand die Kanne an die Brust drückte und die rechte zärtlich auf ihren Körper senkte. Er wagte nicht einmal, auch nur für kurze Zeit die Augen zu schließen, aus Furcht, er könnte eingeschlafen sein, wenn Meï-Niáng seiner Hilfe bedürfe. Im Gedicht heißt es:

> Noch hatt' empfangen »den Regen« sie nicht, noch
> dräuten »die Wolken« –
> Doch berührt war ihr Leib, ihres Körpers Duft war ge-
> stohlen!

Meï-Niáng hatte kaum bis Mitternacht geschlafen, als sie in einem Anfall von Übelkeit erwachte und fühlte, daß sie der Gewalt des Weines nicht widerstehen könne. Es war ihr, als müsse die Fülle der genossenen Getränke ihre Brust zersprengen. So richtete sie sich mühsam in ihrem Bette bis zur sitzenden Stellung auf und begann alsbald, während sie das Köpfchen kraftlos fallen ließ, mit einem erbärmlichen Würgen und Aufstoßen. Tjin-Dschung hatte sich auch sofort aufgesetzt, und da er sah, daß sie sich übergeben wollte, stellte er schnell die Teekanne hin und suchte durch sanftes Reiben mit der Hand den erlösenden Augenblick zu beschleunigen. Endlich, nach langer Zeit, konnte sie dem Andrange ihres mißhandelten Magens nicht länger standhalten, und ihre Kehle öffnete sich. In demselben Augenblicke hatte auch Tjin-Dschung, welcher besorgte, die Decken könnten beschmutzt werden, die Ärmel seines eigenen Gewandes auseinandergefaltet und vor ihren Mund gehalten. Da sie selbst nichts davon zu wissen schien, hörte sie auch nicht eher auf, als bis sie alles ausgebrochen hatte, und verlangte dann noch mit geschlossenen Augen etwas Tee, um sich den Mund zu spülen. Er stieg vom Bett, zog leise seinen Rock aus und legte ihn auf die Erde. Als er die Teekanne anfühlte, fand er sie noch warm, goß zwei Tassen von dem wohlriechenden, lauwarmen Getränk ein und reichte sie Meï-Niáng, welche sie hintereinander austrank. Darauf fühlte sie sich zwar bedeutend wohler, aber ihr Körper war noch so müde und kraftlos, daß sie wie vorher, mit dem Gesicht der inneren Seite zugekehrt, zurückfiel und sofort wieder einschlief.

Nachdem Tjin-Dschung sein teures, nun so ekelhaft beschmutztes Gewand zusammengewickelt und neben das Bett gelegt hatte, legte er sich wieder zur Ruhe und umarmte sie wie anfangs. Meï-Niáng schlief wirklich fest bis der Morgen dämmerte. Als sie sich beim Aufwachen herumdrehte, sah sie einen Mann an ihrer Seite liegen und fragte erstaunt: »Wer sind Sie denn?«

»Ich heiße Tjin«, antwortete der bedauernswerte junge Mann.

Meï-Niáng suchte sich die vergangene Nacht ins Gedächtnis zurückzurufen, konnte sich aber nicht sehr deutlich an die gestrigen Ereignisse, von denen sie nur noch eine sehr konfuse Vorstellung hatte, erinnern.

»Ich war in der vergangenen Nacht wohl sehr betrunken«, unterbrach sie endlich das Schweigen.

»Oh, es war nicht so schlimm.«

»Habe ich etwa gebrochen?«

»Nein, noch nicht.«

»Nun, dann ist's wenigstens noch gut«, sagte sie, um nach abermaligem Nachdenken fortzufahren:

»Aber ich erinnere mich doch, schon gebrochen und auch Tee getrunken zu haben. Das habe ich wohl schwerlich nur geträumt!«

Nun erst bestätigte Tjin-Dschung ihre Vermutung:

»Als ich sah, daß das junge Fräulein ein Glas Wein zuviel getrunken hatten, trug ich Sorge, eine Kanne mit Tee an meiner Brust warm zu halten, weil ich wußte, daß Sie sich übergeben müßten. Und Sie haben dann nach dem Erbrechen wirklich Tee verlangt. Ich goß ein und hatte die Ehre, daß Sie die zwei Tassen nicht zurückwiesen, welche ich Ihnen reichte.«

»Wo habe ich denn aber das ekelhafte Zeug hingebrochen?« fragte Meï-Niáng erstaunt, und Tjin-Dschung antwortete:

»Da ich fürchtete, daß Sie die Decken und Kissen beschmutzen könnten, habe ich es in meine Ärmel aufgefangen.«

»Wo haben Sie die Dinger hingetan?«

»Ich wickelte sie mit dem Obergewand zusammen. Sie sind dort versteckt, Fräulein!«

»Oh, das tut mir aber leid, daß Sie ihr einziges Kleid verdorben haben!«

»Nun, Fräulein, das ist ja mein Eigentum! Ich bin glücklich, Ihre Reste und Ihr Gespüle erhalten zu haben!«

Als Meï-Niáng das hörte, dachte sie bei sich: Was gibt es doch für bescheidene Menschen! Und eine heimliche Freude stieg in ihrem Herzen auf, welche allmählich größer werden sollte.

Inzwischen war es schon heller Tag geworden und Meï-Niáng erhob sich, um für kurze Zeit zu verschwinden. Als dann wieder ihr erster Blick auf Tjin-Dschung fiel, wurde ihr plötzlich klar, daß es der Ölhändler dieses Namens war, und sie fragte:

»Sagen Sie mir offen und ehrlich, wer Sie sind und warum Sie gestern nacht herkamen?«

»Da ich von der Blumenkönigin gefragt worden bin, wie könnte ich wagen, die Unwahrheit zu sagen?« antwortete Tjin-Dschung sehr höflich.

»Ich bin wirklich der Ölhändler Tjin-Dschung, der immer in dieses Haus kam.« Und dann erzählte er ihr ausführlich, wie er sich, seit er sie das erstemal mit den Gästen und beim Besteigen der Sänfte gesehen, so sehr nach ihr gesehnt hätte und sie liebte, und wie mühsam er das Geld zusammengespart, um eine Nacht bei ihr sein zu können.

»Gestern durfte ich mich Ihnen nahen. Das ist ein Glück, welches für drei Leben ausreicht. Mein Herz ist voll davon und ich bin zufrieden!«

Als Meï-Niáng seine Worte hörte, bemitleidete sie ihn noch mehr und sagte:

»Gestern nacht war ich leider betrunken, so daß es mir unmöglich war, Ihnen Gesellschaft zu leisten.

Nun haben Sie vergebens soviel Geld hinausgeworfen: Reut Sie das denn gar nicht?«

»Mein Fräulein ist ein göttliches Wesen, vom Himmel herabgestiegen! Ich fürchte nur, Sie nicht vollkommen bedient zu haben. Daß ich aber nicht getadelt werde, ist schon ein zehntausendfältiges Glück für mich; denn außerdem wagte ich nichts zu hoffen.«

»Sie sind ein kleiner Kaufmann, der sich mühsam einige Taels gespart hat: Weshalb heben Sie das Geld nicht auf und sorgen für Ihre Familie? Dieser Ort ist keine Stätte, wo *Sie* aus- und eingehen können.«

»Ich bin allein, mein Fräulein, und habe keine Frau.«

Meï-Niáng fuhr nach einer Pause fort: »Sie werden jetzt also gehen. Wollen Sie später noch einmal wiederkommen?«

»Diese eine Nacht gestern,« erwiderte Tjin-Dschung, »wo ich Ihnen nahe sein durfte, hat mich zufrieden und ruhig gemacht. Wie sollte ich wagen, noch einmal auf so törichte Gedanken zu kommen!«

»Ein selten guter Mensch«, dachte Meï-Niáng bei sich. Wie treu und aufrichtig, wie einfältigen Herzens! Er liest die Gedanken und kennt, was den Menschen angenehm ist. Er verbirgt das Böse und verbreitet das Gute! Unter Hunderten, Tausenden kann man schwer seinesgleichen treffen. Schade, daß er ein gewöhnlicher Händler ist. Wäre er ein gebildeter junger Mann von Rang, wie gern wollte ich mich ihm anvertrauen und ihm dienen!

Als sie noch gerade tief in Gedanken versunken dastand und leise vor sich hinmurmelte, brachte ein Mädchen Waschwasser herein und zwei Schüsseln mit Ingwersuppe. Tjin-Dschung wusch sich nur das Gesicht, weil er sich seit gestern nacht noch nicht ausgezogen hatte, und wollte sich, als er einige Schluck von der Ingwersuppe getrunken hatte, verabschieden.

Aber Meï-Niáng hielt ihn zurück: »Bitte, bleiben Sie noch etwas, Sie stören mich gar nicht. Ich möchte noch etwas mit Ihnen reden.«

»Ich habe mich solange nach der Blumenkönigin gesehnt! Wenn ich nun noch einen Augenblick länger bei Ihnen bleiben darf – um wieviel glücklicher gehe ich!

Aber wie sollte ich mich selbst an Sie heranwagen? Daß ich in dieser Nacht hier war, ist in der Tat schon eine große Verwegenheit, und ich fürchte nur, daß die Leute, wenn sie es erfahren, sagen werden, Ihr wohlriechender Name sei entehrt. Es ist vielleicht doch sicherer, daß ich etwas früher gehe.«

Meï-Niáng schüttelte nur mit dem Kopfe und schickte das Mädchen aus dem Zimmer, um dann hastig eine Truhe zu öffnen, der sie zwanzig Taels entnahm, und sie Tjin-Dschung in die Hand zu drücken:

»Gestern nacht«, sagte sie zu ihm, »sind Sie nicht gut von mir behandelt worden. Nehmen Sie das Geld nur – für Ihr Geschäft und erwähnen Sie keinem Menschen gegenüber etwas davon!«

Wo hätte aber Tjin-Dschung diese Summe angenommen!

»Machen Sie doch! Schnell!« drängte Meï-Niáng. »Ich verdiene mein Geld leicht –! Damit muß ich Ihnen die Liebe vergelten, mit der Sie diese Nacht für mich gesorgt haben!

Seien Sie doch nicht so sehr bescheiden. Wenn Sie später etwa noch einmal in Geldverlegenheit kommen sollten, werde ich schon Rat wissen, Herr Tjin, wie Ihnen zu helfen ist. Und den beschmutzten Anzug da will ich von einer Magd waschen lassen und Ihnen dann zurückgeben.«

»Mein grobes Kleid ist aber wirklich nicht wert, daß sich das Fräulein darum bemüht. Ich werde es selbst waschen – aber – Ihr Geschenk kann ich wirklich nicht annehmen!«

»Was sagen Sie da nur wieder!« ereiferte sich Meï-Niáng, steckte das Geld in seinen Ärmel und drängte ihn an den Schultern sanft hinaus.

Tjin-Dschung überlegte, daß er das Geschenk jetzt nur schwer zurückweisen könne und fügte sich.

Nach einer tiefen Verbeugung rollte er also sein schmutziges Kleid zusammen und verließ das Zimmer. Als er an den Räumen der Bordellwirtin vorbeikam, sah ihn eine Dienerin und meldete, daß Herr Tjin gehen wolle. Frau Wang Djiú-Ma, welche gerade auf dem Zimmerklosett war, rief zu ihm herüber: »Aber, Herr Tjin, weshalb gehen Sie denn so früh?«

»Ich habe noch einige Kleinigkeiten zu tun,« antwortete Tjin, »ich komme nächstens wieder, um Ihnen speziell meinen Dank zu sagen.« –

Damit ging er, und wir verlassen jetzt Tjin-Dschung, um zu Meï-Niáng zurückzukehren. Obwohl zwischen ihr und Tjin-Dschung nichts Besonderes vorgefallen war, mußte sie doch, da ihr die herzliche Aufrichtigkeit des jungen Mannes sehr sympathisch war, noch lange an ihn denken. –

An diesem Tage blieb sie, weil die Folgen des übermäßigen Weingenusses sich noch fühlbar machten, zu Hause, in ihren Gedanken nur bei Tjin-Dschung weilend, während ihr heute die vielen guten Freunde, die sie besaß, gleichgültig waren.

Und daß sie sich den ganzen Tag mit ihm beschäftigte, beweist folgendes Gedicht von ihr:

»Keiner von denen, Du Lieber, die sich mit Bordellen verbinden,
Kein hochvornehmer Herr – bist Du nur ein ärmlicher Kaufmann!
Wer aber hätte gedacht, Du könntest so zärtlich mich lieben,
Daß Du den Wunsch, die Gedanken errätst, die mich kaum noch getrieben?

Keine Laune entstellt Dein Gesicht, kein leichter Charakter
Treibt gedankenlos hin Dich zu treuloser Tück'!
Ach, wie so oft schon hab' ich versucht die Gedanken zu lassen,
Aber – noch ehe verscheucht, sind sie schon wieder zurück!«

Unsere Erzählung teilt sich jetzt wieder in zwei Teile, und wir knüpfen an die Ereignisse an, welche sich im Hause des Adoptivvaters von Tjin-Dschung, Dschu Schih-Lao, zuletzt zugetragen haben.

Der Geschäftsführer Hsing-Tjüán und Lan-Huá waren nämlich in ihrer Liebesleidenschaft schon so weit gekommen, daß sie sich, da sie den alten Mann krank im Bette liegen sahen, durchaus nicht mehr genierten.

Nach einigen Auftritten und Vorhaltungen, die er ihnen machte, heckten die beiden den Plan aus, unter Mitnahme der Ladenkasse zu verschwinden.

In einer stillen Nacht rafften sie das Geld, welches sich im Laden vorfand, zusammen und machten sich aus dem Staube.

Erst am folgenden Morgen erfuhr Dschu Schih-Lao davon und bat einen Nachbarn, eine Verlustliste aufzunehmen. Man fahndete einige Tage nach den Dieben, ohne indessen die leiseste Spur von ihnen zu entdecken.

Nun reute es Dschu Schih-Lao tief, daß er damals unrecht getan und Hsing-Tjüán zu Gefallen Tjin-Dschung aus dem Hause gestoßen hatte, von dessen wahrer, treuer Gesinnung er sich übrigens schon seit langer Zeit hätte überzeugen müssen. Er wußte auch von anderen, daß sein Adoptivsohn unter der Dschung-An-Brücke wohnte und mit Öl hausieren ginge. In seine Gedanken, es wäre wohl das beste, ihn wiederaufzunehmen, damit er eine Stütze im Alter hätte und jemanden, der nach seinem Tode die üblichen Zeremonien vornähme, mischte sich nur die Furcht, er könnte ihm die ungerechte Behandlung noch nachtragen. Daher bat er die Nachbarn, Tjin-Dschung mit allen Mitteln der Überredungskunst zu bewegen, in sein Haus zurückzukehren, und an das Gute, nicht an das Böse zu denken, das ihm widerfahren war.

Kaum hatte dieser davon gehört, packte er noch an demselben Tage seine Geräte zusammen und zog zu Dschu Schih-Lao zurück. Beim Wiedersehen weinten sie bitterlich.

Der Alte übergab Tjin-Dschung alles, was er früher zurückgelegt hatte, und da auch der junge Tjin über zwanzig Taels besaß, fiel es ihnen nicht sonderlich schwer, das Geschäft wieder in Betrieb zu setzen, in dem Tjin-Dschung nun als Geschäftsführer fungierte.

Wieder im Hause seines Adoptivvaters, gab er den Familiennamen Tjin auf und nannte sich Dschu-Dschung wie ehemals. Ein Monat war noch nicht verflossen, als sich die Krankheit Dschu Schih-Laos verschlimmerte. Jedes Mittel, gegen sie anzukämpfen, erwies sich als wirkungslos, und bald war er seinen Leiden erlegen.

Dschu-Dschung schlug an seine Brust und betrauerte den Tod des Alten, als ob sein Vater gestorben wäre. Er zog ihm die Totenkleider an und nahm neunundvierzig Tage nach seiner Einsargung die üblichen religiösen Feierlichkeiten vor. Draußen vor dem Tjin-Bo-Tore, wo die Ahnengräber der Familie Dschu lagen, fand die Trauerfeier statt, die mit der Beisetzung endete, und da hierbei alle Zeremonien des Ritus genau befolgt worden waren, rühmten die Nachbarn die Pietät des edelgesinnten jungen Mannes.

Bald rollte das Leben wieder in den alten Geleisen weiter. Tjin-Dschung betrieb wie früher das Geschäft, welches schon auf ein ziemliches Alter zurücksehen konnte und sich früher eines guten Rufes und großen Kundenkreises erfreut hatte. Seit aber Hsing-Tjüán die alleinige Leitung desselben innegehabt, waren infolge seines Geizes und Eigennutzes viele Kunden vertrieben worden. Wer wäre aber jetzt, da man wieder den jungen Dschung im Laden sah, nicht gekommen, um bei ihm zu kaufen? Im Gegensatz zu früher nahm das Geschäft bald einen ungeahnten Aufschwung, und Dschu-Dschung, welcher allein war, sah sich genötigt, schnell einen älteren, erfahrenen Gehilfen zu suchen.

Da kam eines Tages sein Vermittler Djin-Dschung mit einem über fünfzig Jahre alten Manne zu ihm, und das war gerade der Hsing-Schan, welcher in dem Dorfe An-Lo draußen vor der Stadt Pi-Leáng gewohnt hatte und in jenem Schreckensjahre, auf der Flucht vor den Rebellen nach Süden wandernd, durch die Regierungssoldaten von seinem Töchterchen Yao-Tjin getrennt worden war.

Mann und Frau waren seitdem in Kummer und Schrecken hin und her geworfen worden. Kaum, daß sie im Osten einen Schlupfwinkel gefunden, mußten sie nach dem Westen fliehen und verbrachten so in Not und Elend einige Jahre.

Als sie eines Tages vernommen hatten, daß die Stadt Lin-An emporblühe, und das Volk, welches sich nach Süden über den Jangtse hatte übersetzen lassen, größtenteils in Ruhe und Frieden in jener Stadt lebte, dachten sie, daß auch ihre Tochter vielleicht nach dort verschlagen worden sein könnte und kamen, in der Absicht sie zu suchen, hierher. Das bißchen Geld und ihre sonstige Habe, welche sie bei sich führten, war bereits aufgebraucht, sie schuldeten Wohnungs- und Kostgeld und wurden schließlich, da sie nicht mehr zahlen konnten, von dem Gastwirt vor die Tür gesetzt.

Nun wußten sie keinen Ausweg mehr! In ihrer großen Not hörten sie plötzlich jenen Djin-Dschung sagen, die Ölhandlung Dschu suche einen Gehilfen, der im Ölverkauf erfahren wäre. Da Hsing-Schan früher doch selbst Inhaber eines sehr großen Ladens gewesen war und auch der Ölverkauf zu seinem Geschäft gehört hatte, ferner Dschu-Dschung ebenfalls aus Pi-Leáng und mithin sein Landsmann war, bat er den Vermittler, ihn zu ihm zu führen und zu empfehlen. Als die beiden dort angelangt waren, fragte Dschu-Dschung genau nach seiner Herkunft. Landsmann stand Landsmann gegenüber, und unwillkürlich kam es wie ein wundes Gefühl über sie, bis Dschu-Dschung endlich sagte: »Da ihr keinen Ort habt, wo ihr unterkommen könnt, ihr alten Leute, so bleibt nur bei mir. Wir sind ja Landsleute! Wenn ihr allmählich auf der Suche nach eurer Tochter zuverlässige Nachrichten erhalten solltet, wollen wir weiter über die Sache reden.«

Dann holte er zwei Stränge Cash, zu je tausend Münzen, hervor, und gab sie Hsing-Schan mit der Anweisung, das schuldige Kostgeld zu bezahlen. Auch dessen Frau, eine geborene Yüán, welche inzwischen geholt worden war, wurde Dschu-Dschung vorgestellt, und ein leeres Zimmer behaglich für die beiden eingerichtet. Die alten Leute erschöpften aus Dankbarkeit Herz und Kräfte, um drinnen und draußen die Sache ihres Wohltäters zu fördern. Und Dschu-Dschung freute sich sehr über den glücklichen Griff.

Die Tage und Nächte schossen wie Pfeile dahin, und unbemerkt war über ein Jahr ins Land gegangen.

Viele Leute am Ort, welche sahen, daß der junge Dschu nun voll erwachsen und noch nicht verheiratet war, und denen es nicht entging, daß er bei ziemlicher Wohlhabenheit ein braver, zielbewußter und aufrichtiger Mensch war, wollten ihm gern ihre Töchter, auch umsonst, zur Frau geben.

Aber Dschu-Dschung, einmal geblendet durch die vollkommene Schönheit der Blumenkönigin, hatte keine Augen mehr für jene und war mit ganzem Herzen darauf aus, sich das vortrefflichste und schönste Mädchen zu suchen. Wenn er die gefunden hatte, dann wollte er schon heiraten. Und so verging ein Tag und wieder ein

Tag und vergingen noch viele Tage, ohne daß er sein Ideal gefunden hätte, denn es ist wirklich so, wie es im Liede heißt:

>»Schweifte dein Blick schon
Über das ungeheure Meer –
Ist nichts dir noch Wasser!
Außer des Wu-Schan
Magischem Haupte hehr
Zeugt kein Berg mehr Wolken.«

Wie wir gesehen haben, weilte Meï-Niáng im Hause der Frau Wang und erfreute sich eines sehr großen Rufes. Vergnügen jagte Vergnügen. Der Morgen hatte seine Freuden und der Abend seine Genüsse.

Aber sie hatte wirklich den Mund voll von diesem Treiben und empfand jetzt einen so unwiderstehlichen Ekel vor all dem Überfluß und süßlichen Leben, daß sie sogar Brokat und Stickereien nicht mehr mochte. Gleichwohl, oder besser, weil dem so war, hatte sie Augenblicke, wo das Bild des jungen Tjin mit seinen vortrefflichen Eigenschaften vor ihre Seele trat. Sooft ihr etwas nicht nach Wunsch gegangen war, sooft sie unter den Launen, der Eifersucht und unter widerlichen Szenen ihrer vornehmen jungen Verehrer zu leiden hatte – wenn sie selbst krank daniederlag, oder nach einem wüsten Gelage, das sie gezwungen war mitzumachen, von Mitternacht bis zur dritten Nachtwache morgens keine Menschenseele hatte, die ihre Schmerzen linderte, da dachte sie an den guten und bescheidenen Jungen von damals und klagte, daß kein Band mehr zwischen ihnen bestehe, keine Möglichkeit, ihn wiederzusehen.

Aber ihr »Pfirsichblütenschicksal« sollte zu Ende sein und ihr Leben eine glückliche Wendung nehmen!

Abermals war ein Jahr vergangen, da machte in Lin-An ein ungewöhnliches Ereignis viel von sich reden. In dieser Stadt lebte nämlich ein vornehmer Mann, der achte Sohn des früheren Präfekten von Fu-Dschóu, Wu Yo-Djién, welcher dem Vater auf seinem Posten gefolgt war. Ein schwerreicher Mann, als er sich von diesem Amte zurückzog!

Seit jeher leidenschaftlicher Spieler und starker Trinker, führte er ein wildes Vagabunden- und Genußleben. Nun hatte auch er von dem Rufe der Blumenkönigin gehört, auch wohl schon ihre Bekanntschaft gemacht und zu wiederholten Malen Leute hingeschickt, welche mit ihr ein Rendezvous verabreden sollten, da er sie sehr gern zu sehen wünschte.

Da es aber Meï-Niáng nicht unbekannt war, daß er einen schlechten Charakter hatte, wollte sie ihn nicht erhören und hatte ihn deshalb schon nicht nur einmal abgewiesen. Darauf war er mit seinen Kumpanen sogar persönlich mehrere Male zu Frau Wang gekommen, ohne das Mädchen aber sehen zu können.

Inzwischen kam das Tjing-Ming-Fest heran, an dem alle Familien ihre Gräber besuchen, um dort zu opfern und sie wieder etwas in Ordnung zu bringen. Allerorten zogen sie in hellen Scharen ins Freie.

Nur Meï-Niáng war zu Hause geblieben. Von mehreren Frühlingsausflügen, die schnell einander gefolgt waren, ermüdet und noch im Rückstande mit vielen Gedichten und Malereien, welche unvollendet dalagen, gab sie im Hause Weisung, alle Gäste, die kommen könnten, abzuweisen. Darauf verschloß sie ihre Zimmertür, brannte in einem zierlichen Bronzeofen guten Weihrauch an und breitete die »vier kostbaren Dinge eines Studierzimmers«: Pinsel, Papier, Tusche und Reibstein vor sich aus.

Eben wollte sie den Pinsel in die Hand nehmen, als sie plötzlich draußen einen furchtbaren Lärm hörte:

Es war jener Wu, welcher mit über zehn sich wie Wölfe gebärdenden Dienern erschien, um Meï-Niáng zu einer Spazierfahrt auf dem See abzuholen.

Als er sah, daß ihn die Bordellwirtin jedesmal abwies, übte er Gewalt, schlug im Saal alles kurz und klein und drang mit großem Lärm bis zu Meï-Niángs Gemächern vor, wo er aber die Tür zu ihrem Zimmer verschlossen fand.

Die Bordellhäuser haben nämlich – das sei hier erwähnt – ihre Kniffe, sich unbequeme Gäste vom Halse zu schaffen. Die betreffende Dame verbirgt sich in ihrem Zimmer, und die Tür wird verschlossen, um es wahrscheinlich zu machen, daß sie abwesend sei.

Nun: Einfältige lassen sich ja dadurch täuschen. Herr Wu aber war schon an dieses Versteckspiel gewöhnt. Ihm konnte nichts mehr vorgemacht werden.

Er ließ also das Schloß einfach durch seine Diener abdrehen und stieß die Tür mit einem Fußtritte auf.

Meï-Niáng, die sich nicht schnell genug wo anders verstecken konnte, wurde von dem frechen Eindringling gesehen, welcher, ehe sie auch nur ein Wort sagen konnte, zwei Dienern befahl, sie rechts und links an den Händen zu packen und aus dem Zimmer zu ziehen. Dabei überstürzten sich förmlich gemeine Ausdrücke in seinem Munde, und er schrie und schimpfte so wild durcheinander, daß Wang Djiú-Ma, welche sich hervorwagen wollte, um ihn um Entschuldigung zu bitten und einige ermahnende Worte zu ihm zu sprechen, einsah, daß die Situation dazu nicht geeignet sei, und es vorzog, wie ein Licht im Hause zu verschwinden.

Ja, es hatte sich alles, Groß und Klein, so versteckt, daß auch nicht ein halber Schatten zu sehen war.

Inzwischen zogen die wilden Gesellen des Herrn Wu Meï-Niáng aus der Haustür und, ohne sich darum zu kümmern, daß ihre gewölbten Schühchen zu eng und zu klein für die Straße waren, ging es wie im Fluge zum Westlichen See, während sich Herr Wu, der ihnen folgte, köstlich amüsierte und so sein Mütchen kühlte.

Dort angekommen, brachten sie Meï-Niáng in einem Boot unter und ließen erst jetzt die Hände von ihr. –

Meï-Niáng war im Alter von zwölf Jahren zu Frau Wang gekommen und in Seide und Stickereien gehalten worden wie ein kostbarer Edelstein.

Noch nie war ihr eine so beleidigende und erniedrigende Behandlung widerfahren!

Als man sie ins Schiff gebracht hatte, wandte sie sich von ihren Peinigern ab und begann, ihr Gesicht verbergend, laut zu weinen. Aber Wu änderte seine Miene durchaus nicht: Wut und Zorn, sprachen aus seinen Augen, daß er aussah wie der Kriegsgott Guán-Di, da er noch als sterblicher Guán Yün-Tschang, nur mit seiner Hellebarde bewaffnet, Dschu Ko-Leáng zur Zusammenkunft mit dem

Feinde begleitete. Er nahm einen Stuhl und setzte sich, trotzig auf das Wasser hinaussehend, während seine wilden Diener neben ihm standen. In einem Atem rief er diesen zu, das Boot vom Ufer zu stoßen und schimpfte, zu Meï-Niáng gewendet, auf das unglückliche Mädchen los, indem er in den gemeinsten Worten unaufhörlich seinem Ärger Luft machte: »So ein kleines gemeines Mensch! Du Hurenwurzel –! Die es nicht einmal zu schätzen weiß, wenn sie unsereiner aus ihrem Dreck zu sich emporzieht! Wenn du weiter weinst, so verdienst du Hiebe.«

Wie hätte sich aber Meï-Niáng vor diesem Wicht gefürchtet! Sie weinte unaufhörlich, und weinte noch, als man beim Hu-Hsin-Ting-Pavillon anlegte, der im Herzen des Sees lag. Dort gab Wu Befehl, ein Mahl anzurichten, stieg selbst zuerst hinauf und sagte dann zu einem Diener: »Geh' hin und rufe mir dieses kleine gemeine Geschöpf her. Sie soll mir beim Weine Gesellschaft leisten!«

Meï-Niáng aber umklammerte aus Leibeskräften das Geländer des Schiffes; denn sie wollte um keinen Preis der Aufforderung Folge leisten und weinte und schrie.

Wu verlor nun auch die Lust, und nach einigen Gläsern Wein, die er ohne die erhoffte schöne Gesellschaft hatte trinken müssen, ließ er abdecken und stieg wieder ins Boot hinab, um Meï-Niáng weiterzuquälen. Das arme Mädchen stieß mit beiden Füßen wild um sich und begann verstärkt in hohen, schrillen Tönen zu weinen.

Voller Wut befahl Wu seinen rohen Knechten, ihr die Haarnadeln und Ohrringe abzureißen, aber kaum hatten sie das ausgeführt, als Meï-Niáng mit zerzaustem Haar auf die Spitze des Schiffes lief, um sich ins Wasser zu stürzen. Im letzten Augenblick wurde sie noch von den Dienern festgehalten:

»Du glaubst wohl,« rief ihr der Bösewicht zynisch zu, »ich würde mich fürchten, wenn du ins Wasser springst? Ich fürchte nur, daß du das nicht tust! Wenn du auch draufgehst, so wird mich der Spaß höchstens ein paar lumpige Taels kosten! Eine Kleinigkeit für mich!

Aber auch dein erbärmliches Leben auf die Art zum Teufel zu schicken, ist Sünde und Übertretung.

Wenn du dein Schreien und Weinen einstellst, will ich dich loslassen und dich nicht weiter züchtigen!«

Als Meï-Niáng hörte, daß er sie freigeben wolle, wurde sie in der Tat ruhiger, und Wu wies seine Ruderknechte an, an einem einsamen, unbewohnten Orte weit draußen vor dem Tjing-Bo-Tore anzulegen. Dort wurden Meï-Niáng die gestickten Schuhe ausgezogen; sogar die Fußbänder nahm man ihr ab, und ein paar Füßchen kamen hervor, so schön wie goldene Lotosblüten und zart wie zwei junge Bambusschossen!

Nachdem Wu den rohen Knechten befohlen hatte, sie ans Ufer zu schleppen, sagte er noch in seiner zynischen Frechheit: »Du gemeines Frauenzimmer, nun kannst du ja zeigen, ob du es fertigbringst, allein nach Hause zu gehen! Ich habe keine Leute, um dich begleiten zu lassen!«

Sprach's und stieß das Boot mit einer Stange vom Ufer ab, von wo es wieder in der Richtung nach der Mitte des Sees davonfuhr.

Wie sagt doch das Gedicht:

>»Wo zum Klange der Zither köstlicher Weihrauch brannte,
> Zog auf den Schwingen des Sangs immer der Kranich[13] ein.
> Heute aber entweihte welch wilder Vogel die Stätte,
> Der Poesie und Kunst still geheiligt allein?!
>
> Ach! Der wievielte weiß gütig ein herrliches Weib zu behandeln,
> Das wie ein Edelstein hell strahlt in farbiger Pracht!
> Wer weiß den köstlichen Hauch einer Mädchenblüte zu stehlen,
> In der zartesten Hüll', eben zum Leben erwacht?!«

Meï-Niáng konnte mit ihren verkrüppelten Füßchen ohne die schützende Hülle der Schuhe schwer einen Schritt tun. Und in dieser hilflosen Lage trat ihr das Schicksal, dem sie gegen ihren Willen ausgeliefert worden war, so recht vor Augen. »Meine Gaben und meine Schönheit sind doch vollkommen«, klagte sie. »Weil ich aber

---

[13] Symbol der Literatur und schönen Künste.

in ›Wind und Staub‹ gefallen bin, muß ich mir eine so niederträchtige, entehrende Behandlung bieten lassen? Was nützt es mir, daß ich viele Bekanntschaften mit Nachkommen von Königen und angesehenen Gästen angeknüpft habe, wenn ich sie jetzt in meiner Not nicht in Anspruch nehmen kann und so eine entehrende Beleidigung ertragen muß?! Wenn ich auch zurückkehre, wie kann ich noch leben? Der Tod wäre das Beste. Aber so elend und ruhmlos umzukommen –? Nein! Das ist ein Unrecht an mir selbst. Was für eines überschwenglichen Ruhmes habe ich mich erfreut und nun bin ich – so weit gekommen!

Wenn man sich nur eine einfache Bäuerin ansieht – sie hat's zwölfmal besser als ich! Nur weil mich der Blumenmund dieser Liú Sse-Ma betört hat, bin ich in die Grube gefallen!

Nur deshalb konnte es ein Heute geben! Es ist zwar immer schon so gewesen, daß ein trauriges Schicksal das geschminkte Gesicht verfolgte. Aber wer kann sagen, daß es meinem grenzenlosen Unglück gleichkommt?«

Je länger sie nachdachte, um so größer wurde die Bitterkeit, welche in ihr aufstieg, bis sich endlich ein herzbrechendes Schluchzen aus ihrer Brust losrang.

Zufälliger- und glücklicherweise war Dschu-Dschung an diesem Tage – wie viele andere, welche Tote betrauerten – zum Grabe seines Adoptivvaters Dschu Schih-Lao, draußen vor dem Tjing-Bo-Tore, gegangen, um ein Opfer darzubringen und die heilige Stätte zu reinigen. Als er damit fertig war, ließ er die Opfergeräte ins Boot tragen, während er selbst bei dem schönen Wetter den Heimweg zu Fuß antreten wollte. Sein Weg mußte ihn an der Stelle vorbeiführen, wo das unglückliche Mädchen lag.

Als er plötzlich eine weinende Stimme hörte, sprang er schnell vorwärts, und wer beschreibt sein Erstaunen, da er Meï-Niáng sah, deren herrliche Schönheit und blumenzarte Gestalt auch trotz ihres zerzausten Haares und beschmutzten Gesichtes erkennen ließ, daß sie immer noch ohnegleichen dastand! Wie hätte er dieses Gesicht nicht wiedererkennen sollen! Ganz bestürzt rief er aus: »Blumenkönigin, wie kommen Sie hierher, – in diese Lage?«

Da Meï-Niáng, während sie bitterlich weinte, auf einmal eine ihr bekannte, liebe Stimme vernahm, hörte sie zu weinen auf und sah zu ihrer großen Freude, daß es gerade ihr bescheidener Freund von damals, der junge Tjin war, der so aufmerksam verstanden, ihre Gedanken zu erraten und stets gewußt hatte, was ihr angenehm war!

In dieser Lage sah sie ihn wie einen Verwandten an. Ohne daß ihr klar wurde, was sie sprach, schüttete sie ihm ihr ganzes Herz aus, sich zugleich auch Luft machend in ihrem Zorn gegen den Schändlichen.

Dschu-Dschung war aufs äußerste ergriffen, und um sie vergossene Tränen rannen seine gebräunten Wangen herab. Er trug stets im Ärmel ein weißseidenes Schweißtuch, das ungefähr fünf Fuß lang war. Das nahm er heraus, schnitt es in zwei Teile und reichte sie ihr, schon auseinandergefaltet, hin, damit sie ihre Füße hineinwickle. Darauf wischte er ihr mit eigener Hand die Tränen aus dem blassen Gesichtchen, ordnete ihr-seidenweiches Haar und tröstete sie ein über das andere Mal mit liebevollen Worten. Als sie mit dem Weinen aufgehört hatte, lief er eilends um eine geheizte Sänfte und bat Meï-Niáng, darin Platz zu nehmen. Er selbst ging zu Fuß hinterher, bis der kleine Zug bei Frau Wang anlangte.

Inzwischen hatte Wang Djiú-Ma, als sie ihre Tochter gar nicht zurückbekam, in heller Aufregung nach allen vier Himmelsrichtungen hin Nachforschungen über ihren Verbleib angestellt. Da sah sie auf einmal eine Sänfte, welche Tjin-Dschung begleitete, auf ihr Haus zukommen, und es war ihr, als ob er ihr eine in der Nacht leuchtende Perle zurückbrächte; so freute sie sich!

Außerdem hatte aber die Bordellwirtin Tjin-Dschung schon lange Zeit nicht mehr mit Öl vor ihre Tür kommen sehen, und es war ihr ferner bereits bekannt, daß er das Ölgeschäft des alten Dschu übernommen hatte. Hände, Kopf und Gesicht waren – wie sie sofort bemerkt hatte – viel gepflegter; auch seine Manieren waren ungezwungener und feiner geworden als früher.

Natürlich sah sie ihn jetzt mit anderen Augen an und behandelte ihn dementsprechend. –

Als ihr Blick dann auf das Mädchen fiel, welches so übel zugerichtet war, fragte sie fassungslos, was es damit für eine Bewandtnis hätte.

Und so erfuhr sie denn, daß dem Mädchen so bitteres Leid widerfahren war, und wie Tjin-Dschung sie gerettet hatte.

Sie drückte ihm also durch tiefe Verbeugungen ihre Dankbarkeit aus und ließ ein Weinmahl anrichten, das sie ihm zu Ehren geben wollte. Die Sonne neigte sich schon stark nach Westen, als Dschu-Dschung nach einigen Bechern Wein aufstand und sich verabschieden wollte.

Wie aber hätte Meï-Niáng ihn heute weglassen wollen!

»Ich habe mich schon so lange nach Ihnen gesehnt«, bat sie. »Leider konnten wir uns nicht wiedersehen. Heute aber lasse ich Sie bestimmt nicht leer ausgehen.« Und da nun auch die Bordellwirtin kam, ihn mit aller Gewalt festhalten zu helfen, blieb er und blieb nur viel zu gern, in freudiger Erregung über die – wie er fühlte – wohl baldige Erfüllung einer heimlichen Hoffnung, die er fast schon aufgegeben hatte.

An diesem Abend blies Meï-Niáng die Flöte und spielte auf der Zither, sie sang und tanzte und bot alles auf, was sie konnte, um Tjin-Dschung ihre Erkenntlichkeit auszudrücken. Der gute Junge selber kam sich vor wie ein umherschweifender Genius, der einen schönen Traum träumte, und seine Seele löste sich ganz in nie gekannten Wonnen.

Wie in Ekstase bewegte er seine Hände und Füße nach dem Rhythmus der Lieder oder des Tanzes. Nachdem man so bis spät in die Nacht beim Weine gesessen, begaben sich die beiden glücklichen Menschen, eng aneinandergedrückt, zur Ruhe. Und was im verschwiegenen Zimmer geschah, die Schönheit und volle Seligkeit der Stunden, die sie verbrachten – das brauche ich wohl nicht mehr zu schildern.

Nur so viel sei gesagt, daß der eine ein kräftiger junger Mann war, die andere eine junge Dame, die an Liebe gewöhnt und in ihren Künsten erfahren war.

Auf dieser Seite hörte man in heißem Geflüster erzählen von der Sehnsucht dreier Jahre, von so vielen Mühen und duftigen Träumen; von jener kamen die zärtlichen Antworten, wie innig sie schon ein Jahr lang an ihn gedacht, und wie groß die Freude über das Glück sei, mit ihm in so enger und fester Umschlingung zu liegen. Sie dankte für die Herzlichkeit, mit der er ihr damals und heute beigestanden hatte, Güte auf Güte häufend. Er dankte für die heutige Nacht, die alle seine Erwartungen so übertroffen und ihm noch viel mehr Liebe gebracht als die letzte. –

Die rotgeschminkte Kurtisane stürzte entschlossen die Puderschachtel um, daß Flecke wie blutige Wunden auf dem feinen seidenen Tuche zurückblieben, – und der Ölhändler warf seine Flasche beiseite, um in einem warmen Neste unter Decken von Seide ein übergroßes Glück zu genießen: Kann man nicht lachen über die Launen des Schicksals, wenn es ein einfacher Dorfjunge, der im Drange seines Herzens sein ganzes Hab und Gut unnütz verschwendet, doch fertigbringt, als vornehmer Herr sich mit so eleganten Spielen zu befassen?

Nachdem der »bewölkte Himmel sich geklärt und die lechzende Erde den Regen empfangen« hatte, sagte Meï-Niáng: »Geliebter, ich habe noch etwas auf dem Herzen, was ich dir gern gestehen möchte. Du darfst es mir nicht abschlagen.«

Tjin-Dschung entgegnete: »Mein Fräulein, wenn ich Ihnen dienen kann – und müßte ich auch in heißes Wasser oder Feuer springen! – ich würde mich nicht weigern. Wie sollte es mir einfallen, Ihnen etwas zu versagen?«

»Ich möchte deine Frau sein!«

Tjin-Dschung, welcher nicht recht glauben konnte, sie meine es ernst damit, entgegnete lächelnd:

»Mein Fräulein, wenn Sie auch unter zehntausend Freiern die Wahl hätten, mit mir würden Sie doch noch nicht rechnen!

Scherzen Sie nicht so, daß Sie sich nicht selbst erniedrigen!«

»Meine Worte kommen wirklich aus aufrichtigem Herzen«, versicherte Meï-Niáng. »Wie kannst du von Scherz reden? Nur – ich bin im Alter von vierzehn Jahren auf Veranlassung meiner Pflegemutter betrunken gemacht worden und so um meine Unschuld gekommen. Um diese Zeit wollte ich ja eine gute Ehe schließen, aber ich konnte nirgends den Rechten finden! Und da ich mir damals noch nicht zutraute, das Gute vom Schlechten zu unterscheiden, so fürchtete ich, den großen Anschluß des Lebens zu versäumen, wenn ich nicht rechtzeitig auf die Suche ginge nach dem einen, dem mein Leben gehören sollte.

Nun – obwohl ich später viel Gelegenheit hatte, mit Männern von Macht und Bildung zusammenzukommen, so mußte ich doch erfahren, daß sie wohl alle begeisterte Anhänger des Weins und der Schönheit sind, daß sie aber stets nur Scherz mit mir trieben und sich bei mir amüsieren wollten. Nicht einen hat es gegeben, der aufrichtigen Herzens Mitleid empfunden hätte mit meiner Unschuld, dem mein Schicksal nahegegangen wäre! Ich habe hier gesucht und dort gesucht und nur dich gefunden, du treuer, aufrichtiger, du edler Mensch!

Ich weiß auch, daß du noch keine Frau hast. Wenn du also nicht Anstoß daran nimmst, daß ich durch meinen bisherigen Lebenswandel entehrt bin, – – ich möchte so gern deine ebenbürtige Gemahlin werden und dir dienen!

Magst du mich aber nicht, so will ich mich in einen drei Fuß breiten weißen Trauerschleier hüllen und zu deinen Füßen sterben, um dir mein aufrichtiges Herz zu zeigen.

Es ist immer noch besser, so zu sterben, als wenn ich gestern unter den Händen dieses rohen Bauernlümmels ein unrühmliches Ende gefunden hätte, worüber die Leute dann noch ihre herzlosen Späße gerissen hätten.« Als sie geendet hatte, brach sie in ein herzerschütterndes Schluchzen aus.

Tjin-Dschung sagte gerührt: »Mein Fräulein, seien Sie nicht traurig. Da Sie mich lieben, was ich noch nicht verstehen kann, ist's mir, als ob der Himmel sich zur Erde neigte. Wie sollte ich nicht freudig zustimmen?! Mir macht's nur Kummer, wie ich Sie auslösen soll, da mein Fräulein so berühmt ist, daß wohl tausend Taels nicht dazu reichen werden! Ich bin arm und habe kein Vermögen. Wie soll ich's möglich machen, da auch bei mir die Börse nicht im Einklang mit meinen Wünschen steht?«

»Das ist kein Hindernis«, sagte Meï-Niáng fröhlich. »Ich will dir nicht verbergen, daß ich für die Verwirklichung meiner erträumten Ehe mit einem trefflichen Mann schon lange vorher einiges zurückgelegt habe, das ich außerhalb dieses Hauses aufbewahren lasse, um mich jederzeit loskaufen zu können. Darum mach' dir keine Sorgen, du Lieber!«

»Wenn mein Fräulein sich auch selbst loskaufen kann, so sind Sie doch von jeher gewöhnt, in hohen Hallen und großen Räumen zu wohnen, seidene Kleider zu tragen und köstliche Speisen zu genießen. Werden Sie in meinem bescheidenen Hause leben können?«

»Ach was, seidene Kleider und köstliche Speisen!« rief Meï-Niáng. »Wenn ich auch an groben Tuchkleidern und an einfachen Gemüsen sterben sollte, ich würde mich nicht ärgern!«

»Gut, mein Fräulein, – wenn auch dieses Bedenken wegfällt, – wird aber Ihre Pflegemutter einwilligen?«

»O, da weiß ich schon, was ich tun soll«, lachte sie lustig und setzte ihm auseinander, wie sie es machen wollte, um die Zustimmung der Alten zu erlangen.

So sprachen die beiden von ihren Zukunftsträumen bis zum hellen Morgen. – Wie schon erwähnt, hatte Meï-Niáng ihre Ersparnisse außerhalb angelegt. In Kisten und Kasten lagen sie wohlverwahrt bei drei vertrauten Freunden: dem Sekretär in der Han-Lin-Akademie, Huáng, beim Sohne des Präsidenten Han und bei einem Gaste des Gouverneurs Tji.

Unter dem Vorwande, sie brauche ihre sieben Sachen notwendig, holte sie diese aus ihren Verstecken wieder ab und verabredete mit Tjin-Dschung, das alles bei sich in Verwahrung zu nehmen. Nachdem also das Geld und die sonstigen Wertsachen in Sicherheit gebracht worden waren, bestieg sie eine Sänfte, um sich zu Frau Liú Sse-Ma tragen zu lassen, welche ihr doch seinerzeit jede Unterstützung zugesichert hatte für den Fall, daß sie dem Manne ihrer Wahl folgen wollte.

Gefragt, wie sie sich jetzt zu der Sache stelle, antwortete sie:

»Darüber habe ich ja schon früher ausführlich gesprochen, liebe Nichte. Du bist eigentlich noch etwas zu jung dazu, und dann – weiß ich auch noch nicht, wer der Erwählte deines Herzens ist.«

»Liebe Tante, sorgen Sie sich bitte nicht darum, *wer* es ist.

Jedenfalls ist meine Wahl nach dem, was Sie damals gesagt haben, getroffen worden: es ist eine wahre, eine fröhliche und eine fertige Ehe, welche fürs ganze Leben halten wird! Wenn meine Tante für mich den Mund öffnen würde, bin ich gar nicht ängstlich, daß meine Pflegemutter ihre Zustimmung verweigern könnte. Ich habe sonst nichts, um Ihnen meinen Dank und meine Verehrung auszudrücken, als daß ich Ihnen zehn Taels in Gold anbiete, aus denen Sie sich nach Belieben – vielleicht ein Paar Haarspangen machen lassen können.

Dafür bitte ich Sie, sich bei meiner Pflegemutter zu bemühen. Und wenn Sie meine Herzensangelegenheit zu einem guten Ende geführt haben, so kommen Geschenke für die Heiratsvermittlung noch hinzu!«

Als Liú Sse-Ma so viel Geld sah, da lachten ihre Äuglein, daß die Lider fast gar keinen Spalt mehr ließen. Dann sagte sie geschwind:

»Du bist wie mein eigenes Kind, und es ist eine schöne Sache! Wie könnte ich so ein Geschenk von dir verlangen! Wenn ich dieses Gold vorläufig annehme, so will ich es nur für dich aufheben. – Selbstverständlich, liebes Kind, übernehme ich die ganze Angelegenheit!

Nur weiß ich noch nicht recht, wie das mit deiner Pflegemutter werden wird, für die du ein Baum bist, von welchem sie Gold in Menge schüttelt. Einem gewöhnlichen und mittellosen Menschen würde sie dich nie freigeben.

Ich fürchte, daß sie etwa tausend Taels verlangen wird, und wer wird so viel Geld aus der Hand geben wollen? Zudem muß ich deinen Auserwählten selbst einmal sehen, um mit ihm die Angelegenheit zu besprechen.«

»Liebe Tante, kümmern Sie sich doch nicht um müßige Dinge! Betrachten Sie bitte die Sache so, als ob ich mich selber loskaufte!«

»Weiß deine Pflegemutter davon, daß du zu mir gegangen bist?«

»Nein«, entgegnete Meï-Niáng.

»Gut, dann iß also bei mir und warte, bis ich zurück bin. Ich gehe am besten sofort zu euch, um die Sache mit deiner Pflegemutter ins reine zu bringen. Wenn es mir gelingt, sie zu überreden, kann ich dir das Resultat gleich mitteilen.« Darauf stieg sie in eine gemietete Sänfte und ließ sich zur Frau Wang tragen, wo sie von der Alten freundlich wie immer empfangen und in den Salon geführt wurde.

Absichtlich kam sie zunächst auf die Affäre mit Wu zu sprechen, worauf ihr Frau Wang die ganze Geschichte von Anfang bis zu Ende erzählte.

»Welches öffentliche Haus«, begann Liú Sse-Ma mit einem Seufzer, »hat so eine eigentlich doch halbniedrige und nicht sehr vornehme Dirne aufzuweisen, welche in dem Maße versteht, Geld zu verdienen wie diese Meï-Niáng? Sie sitzt einfach ruhig und bequem zu Hause; es fällt ihr gar nicht ein, irgend jemanden einzuladen: und doch kommen die Gäste in Scharen, daß sie nie frei ist! Aber der Ruhm meiner Nichte ist schon zu groß!

Wie ein Stück getrocknetes und gesalzenes Fischfleisch, das einer hat zur Erde fallen lassen, wollen sie die Ameisen alle durchbohren!

Das Geschäft geht ja gut bei diesem ewigen Lärm, aber es ist doch nichts weniger als angenehm. Und man will doch auch mal seine Ruhe haben! Mag man auch sagen, jede Nacht bringt zehn Taels ein! – Gewiß, das ist ja recht viel – aber im letzten Grunde ist es doch nur ein leerer Schall, liebe Schwester. Meinst du nicht auch? Wenn diese Prinzen und vornehmen Herren einmal kommen, gibt's jedenfalls gleich viele Helfershelfer mit, welche über Nacht bis zum Morgen bleiben. Ist das nicht sehr lästig?

Und ihr Gefolge ist auch nicht klein. Jeder einzelne will, daß man ihm schmeichle und ihn von vorn und hinten bediene. Sobald ihm etwas nicht paßt, kommen grobe, unflätige Schimpfworte aus seinem Munde, abgesehen davon, daß er hinterher noch heimlich deine ganze Einrichtung, Möbel und Geräte beschädigt! Und sagen kannst du's auch nicht gut ihrem Herrn. Deinen tüchtigen Ärger hast du aber weg!

Weiter: Die Gelehrten und Literaten haben mit ihr auch nur die Zusammenkünfte für Poesie und Schachspiel, welche sie doch gewiß eine Reihe von Tagen im Monat in Anspruch nehmen, an denen du nichts verdienst.

Endlich die paar reichen, angesehenen Leute, die noch übrigbleiben?

Die zanken und schlagen sich um sie! Gehorchst du dem Herrn Tschang, ist es dem Herrn Li nicht recht; freut sich der eine, ärgert sich der andere!

Und erst dieser Wu – dessen stürmischer Auftritt uns alle zu Tode erschreckt hat! Ich wette zehntausend gegen eins, wenn du dir jetzt die geringste Unregelmäßigkeit zuschulden kommen läßt, kannst du sogar dein ganzes Geld an sie verlieren. Und mit Beamten Prozesse zu führen, ist Unsinn! Du erreichst doch nichts! Da muß man eben seinen Ingrimm auf irgendeine Weise zu verbeißen suchen und das, was man zu sagen hat, besser verschlucken.

Heute kannst du noch Weihrauch fordern und vom Frieden reden, aber es ist eine wackelige Sache: ein Donnerschlag ist schon durch die Lüfte gegangen. ›Ist erst mal der Berg hoch oder das Wasser niedrig geworden, kommt die Reue zu spät.‹

Ich habe nämlich gehört, daß sich Wu nicht mit guten Gedanken trägt. Er hat sich gegen dich verschworen und will dir ständig Schwierigkeiten bereiten.

Die Launen meiner Nichte gehen aber auch wirklich zu weit! Keinem Menschen will sie schmeicheln: das ist die Wurzel des Übels und der Gefahr!«

»Ach ja,« sagte Frau Wang mit einem tiefen Seufzer, »gerade deswegen bin ich sehr besorgt. Denn Wu ist ein sehr bekannter und vornehmer Herr. Dieses gemeine Ding wäre eher ins Wasser gegangen, als daß sie ihn akzeptiert hätte. So einen großen Skandal hervorzurufen! Früher, als sie klein war, hörte sie noch auf das, was andere sagten; jetzt aber, wo sie zu eitlem Ruhm gelangt ist, haben sie die Lobpreisungen und Schmeicheleien der vornehmen Herren ermutigt, sich an ihre eigenen Launen zu gewöhnen und sich für etwas anderes zu halten, als sie ist. Was auch kommen mag, sie selbst tut alles, sie selbst beschließt alles!

Finden sich Gäste ein, so empfängt das gnädige Fräulein, wenn es ihr paßt; paßt es ihr nicht, so können sie auch neun Ochsen nicht herumziehen.«

»Ja, ja,« pflichtete ihr Liú Sse-Ma bei, »sobald diese Dämchen einigermaßen hübsch sind und sich eine höhere Stellung errungen haben, ist es meistens vorbei mit der Angst. Ich möchte also mit dir über etwas sprechen: Was meinst du dazu, wenn sich jemand bereitfände, mit einem gehörigen Batzen herauszurücken –? Ob es wohl das beste wäre, sie zu verkaufen? Du wärest sie dann los, brauchtest dich nicht mehr mit diesem Teufelsbalg abzuplagen und könntest ruhig deine Tage verbringen!

Das wäre gar nicht so übel, liebe Schwester! Für die eine, die du verkauft hast, kannst du dir gleich fünf, sechs neue anschaffen. Wenn du Glück hast und entsprechende Dinger findest, kannst du sogar zehn haben! Weshalb nur tust du nicht sofort etwas, um diese günstige Gelegenheit zu ergreifen?«

»Ich habe ja auch schon hin und her gerechnet und das und jenes erwogen: aber die, welche Einfluß und Macht besitzen, wollen nicht mit Geld herausrücken und leben am liebsten auf Kosten der andern. Wenn dann wirklich mal einer kommt, der einige Taels hergeben will, will das Mädchen wieder nicht, ist unzufrieden mit dem Guten, klagt über das Schlechte und hat halt immer und ewig etwas auszusetzen. Wenn sich ein guter Kunde fände, könntest du die Vermittlung übernehmen und die Heirat perfekt machen. Sollte das gemeine Ding nicht damit einverstanden sein, bitte ich dich inständig, es ihr einzureden, ohne daß sie eine Absicht merkt; denn auf meine Worte hört sie nicht mehr. Nur du kannst sie noch überzeugen und bekehren.«

»Da hätte ich's ja heute gerade getroffen,« sagte Liú Sse-Ma laut auflachend, »um für meine Nichte die Heiratsvermittlerin zu spielen! Aber sag' mal, wieviel möchtest du denn wirklich haben, ehe du sie losläßt?«

»Schwester, bei deinem hellen Verstand wirst du doch wissen: in unserem Betriebe wird nur billig gekauft und teuer verkauft. Zudem ist Meï-Niáng schon seit Jahren überaus berühmt. Wer in Lin-An weiß nicht, daß sie die Blumenkönigin ist? Glaubst du etwa, ich würde sie für dreihundert, vierhundert Taels gehen lassen?

Ich verlange mindestens meine tausend Taels in Gold!«

Liú Sse-Ma hatte sich erhoben und sagte:

»Ich werde jetzt also gehen und versuchen, was sich tun läßt. Wenn man diese Summe geben will, will ich bald mit näheren Einzelheiten bei dir sein. Ist niemand dafür zu haben, komme ich nicht erst her. – Wo ist sie denn überhaupt heute?« fragte Liú Sse-Ma beim Herausgehen absichtlich noch einmal.

»Danach frage mich nicht. Seit sie damals vom Herrn Wu mißhandelt worden ist, fürchtete sie wahrscheinlich, er könne jeden Tag wiederkommen, um neuen Skandal zu provozieren. Daher läßt sie sich in ihrer Sänfte zu allen Bekannten tragen, um ihnen die Geschichte haarklein zu erzählen. So war sie vorgestern beim Gouverneur Tji, gestern beim Mitgliede der Akademie Huáng und heute weiß ich nicht, wo sie steckt.«

»Nun, das ist ja gleichgültig. Wenn du nur fest entschlossen bist, das Geld zu nehmen, so sieht man nicht darauf, ob das Mädchen will oder nicht. Sollte das letztere der Fall sein, so wette ich zehntausend gegen eins, daß ich sie schon zur Räson bringe. Nur darfst du dann eben nicht, wenn ich einen zahlungsfähigen Käufer gefunden habe, noch handeln und deine Macht sonstwie geltend machen.«

»Verlaß dich darauf. Ich habe schon einmal gesagt, daß ich keine Hintergedanken habe.«

Mit diesen Worten begleitete sie ihre Freundin bis zur Tür, wo ihr Liú Sse-Ma noch einige freundliche Worte zurief und dann die Sänfte bestieg. –

Das war ihre zweite rednerische Leistung.

> »In der Kunst zu reden und in der Schärfe des Urteils
> Ist sie der weibliche Lu-Dja fürwahr, der Sui-Ho in Röcken.
> Wenn – o Schreck! – die Frau'n alle ein solches Mundwerk besäßen,
> Würfen *Tropfen* dann leicht – *Berge* von Wasser empor.«

Als Liú Sse-Ma nach Hause zurückgekehrt war, erzählte sie Meï-Niáng, was sie ihrer Pflegemutter alles gesagt und wie sie es verstanden hätte, in der Alten selber den Entschluß hervorzurufen, sie aufzugeben.

»Deine Mutter möchte dich schon freigeben,« begann sie, »nur will sie zuerst das Geld sehen. Die Sache ist dann sofort erledigt.«

»Das Geld ist bereits vorhanden: Ich habe es mir selbst beschafft«, antwortete Meï-Niáng. »Kommen Sie, liebe Tante, doch morgen auf alle Fälle zu mir, damit die Angelegenheit so schnell wie möglich aus der Welt geschafft und nicht erst wieder kalt wird; denn wenn dann wieder einige Tage ins Feld gehen, müßten Sie sich nochmals bemühen, was dann schon schwieriger wäre.«

»Natürlich komme ich, da wir es einmal verabredet haben!«

Darauf verabschiedete sich Meï-Niáng und kehrte nach Hause zurück, ohne ein Wort von ihrem Besuche zu erwähnen.

Am folgenden Tage, in der Zeit zwischen elf und ein Uhr, erschien Liú Sse-Ma pünktlich, wie sie versprochen.

Wang Djiú-Ma empfing sie gleich mit der Frage, wie die Sache stände.

»Nun, sie ist zu acht, neun Zehnteln bereits in Ordnung,« antwortete sie.

»Nur habe ich noch nicht mit meiner Nichte gesprochen.«

Darauf begab sie sich in Meï-Niángs Zimmer, wo die beiden sich begrüßten und noch einmal die ganze Angelegenheit besprachen.

»Und nun« – damit schloß Liú Sse-Ma in sichtlicher Erwartung ihre Rede – »der Bräutigam ist da. Aber noch nicht das, worum es sich dreht. Wo hast du das Geld?«

Meï-Niáng erwiderte, auf das Kopfende des Bettes zeigend:

»Da, in diesen Koffern,« worauf sie fünf, sechs der ledernen Kästen zu gleicher Zeit öffnete und ihnen dreizehn, vierzehn Päckchen á fünfzig Taels entnahm. Dann folgten noch etwas ungeprägtes Gold, Perlen, Edelsteine und sonstige Kostbarkeiten, deren Wert – wie sie ausrechneten – die Summe von tausend Taels in Gold erreichte.

Liú Sse-Ma war starr. Der Speichel floß ihr im Munde zusammen und mit Augen, in denen ein gieriges Feuer flackerte, starrte sie auf die Schätze, die vor ihr ausgebreitet lagen:

»So jung noch«, sagte sie zu sich, »und hat doch schon einen so festen Willen. Ich kann mir gar nicht erklären, wie sie es fertiggebracht hat, so viel kostbare Dinge aufzuhäufen.

Meine Dirnen empfangen doch auch – wie sie – Gäste, wenn sie's ihr auch lange noch nicht gleichtun können! Man kann auch nicht einmal sagen, sie verständen nicht, etwas einzubringen –! Aber, sobald sie ein paar Pfennige in ihrem Beutel haben, kaufen sie sich Melonenkerne zum Naschen und Süßigkeiten. Und sind dann ein Paar Fußbänder zerrissen, dann verlangen sie noch von mir, daß ich ihnen den Stoff dazu kaufe. Was hat da meine ältere Schwester doch für Glück gehabt! In wenigen Jahren so viel Geld zu verdienen! Und jetzt, wo das Mädchen im Begriff steht, das Haus zu verlassen, bekommt sie wieder so einen Haufen!

Na ja, das hat sie alles von der vornehmen Kundschaft mit Fürsten und Prinzen, so daß sie sich nicht allzusehr anzustrengen brauchte!«

Das waren ihre geheimen Gedanken, die sie natürlich nicht aussprach!

Als Meï-Niáng Liú Sse-Ma so in Gedanken versunken dastehen sah und ihr Gemurmel hörte, fürchtete sie, sie könnte ihr Schwierigkeiten machen oder den Dank, den sie ihr schuldete, zu Erpressungsversuchen ausnutzen. Daher nahm sie schnell vier Rollen gesponnener Seide, zwei kostbare Haarspangen und ein Paar Haarnadeln aus Jade mit Phönixköpfen heraus, legte sie auf den Tisch und sagte: »Das alles schenke ich Ihnen, liebe Tante, zum Danke für Ihre Vermittlertätigkeit.«

Liú Sse-Ma freute sich unbändig und sagte eilfertig zu Wang Djiú-Ma:

»Meine Nichte möchte sich selbst loskaufen. Mit dem Preise ist alles in schönster Ordnung, es fehlt auch nicht ein Pfennig!

Sieh mal, es ist doch besser, sie löst sich selbst, als wenn sie von irgendeinem verwitweten alten Kerl losgekauft wird. Du ersparst

dadurch den Wein und andere Unkosten, die du für den Müßig-
gänger von Vermittler hinauswerfen müßtest, abgesehen von den
vielen Dankesworten, die noch obendrein zugegeben werden müssen.«

Als Wang Djiú-Ma von ihr hörte, daß Meï-Niáng in ihren Koffern
so sehr viele Wertsachen gehabt hätte, war sie ebenfalls wie vom
Schlage gerührt, und es schien dann, als ob sie dagegen Einspruch
erheben wollte. –

Sagen Sie doch einmal, verehrter Leser, warum auf der Welt gerade nur die Bordellwirtinnen die grausamsten und bösartigsten
Geschöpfe sind? Wenn die jungen Mädchen ihnen alles, was sie
besitzen, ausliefern müssen, freuen sie sich. Manche wollen etwas
für sich sparen und verstecken es in Kisten und Kasten, wo sie nur
können.

Aber der Bordellwirtin hat ein Lüftchen irgend etwas davon zugetragen. Kaum ist das arme Ding aus der Türe, öffnet sie sämtliche
Schlösser und Riegel, durchwühlt Kasten und Kisten und räumt
aus, was für sie von Wert ist. –

Bei Meï-Niáng war es allerdings etwas anders. Man darf nicht
vergessen, daß sie eine überaus berühmte Courtisane war, deren
intimer Verkehr sich vorwiegend aus Größen der Beamten- und
Gelehrtenwelt zusammensetzte, und daß sie sich ferner genugsam
anstrengte, für ihre Pflegemutter Geld zu verdienen. Zudem war sie
ein seltsamer Charakter, den wenigstens die Alte zwar nicht verstand, der ihr aber doch so viel Respekt einflößte, daß sie es nicht
wagte, das Mädchen zu reizen. Aus diesem Grunde hatte auch ihr
Fuß noch nie das Schlafzimmer ihrer Pflegetochter betreten. Wo
hätte sie sich träumen lassen, daß Meï-Niáng so viel Geld besaß?

Als nun Liú Sse-Ma sah, wie das Gesicht der Alten einen immer
verbisseneren Ausdruck annahm, erriet sie natürlich sofort die Ur-
sache ihres Ärgers und beeilte sich, ihr zuzureden: »Aber, liebe
Schwester, du darfst und kannst doch nicht drei Herzen und zwei
Gesinnungen haben! Diese Dinge hat sich meine Nichte selbst im
Laufe der Zeit zurückgelegt. Es ist doch nicht dein Geld. Wenn sie
hätte verschwenden wollen, wäre eben nichts da, oder wenn sie so
dumm gewesen wäre, irgendeinen alten Kerl auszuhalten, hättest

du auch nichts gewußt; das ist immerhin doch noch eine gute Seite von ihr.

Wie geht's denn gewöhnlich zu?

Wenn es Zeit wird, daß die Mädchen, die selber nicht einen Pfennig gespart haben, sich nach einem Manne umsehen oder umsehen müssen, weil sie schon zu alt für den Bordellbetrieb sind, so kannst du sie doch schwerlich mit nacktem Körper aus dem Hause jagen. Dann mußt du ihnen wenigstens etwas auf den Kopf und etwas unter die Füße geben und sie anständig anziehen, damit sie Mensch unter Menschen sein können. Hier aber schafft sie sich alle Sachen selbst an und nimmt dich auch wegen eines Seidenfadens nicht in Anspruch.

Da, dieser ganze große Haufen Goldes gehört dir, voll und ungeschmälert; stecke ihn doch in deinen Taillenbeutel!

Hat sie sich losgekauft und geht in Frieden von dir, brauchst du dich nicht zu fürchten, daß sie deine Pflegetochter war, brauchst du dich nicht zu ängstigen, daß sie, wenn es ihr später gut geht, keine Besuche mehr bei dir macht, um dir von Zeit zu Zeit durch irgendein Geschenk ihre kindliche Liebe zu beweisen!

Verheiratet, ohne Vater und Mutter, wird sie dich vielleicht später einmal in ihr Haus aufnehmen, wo du Großmutterstelle vertreten und noch sehr, sehr viel Gutes genießen kannst. Das ist gar nicht so unwahrscheinlich!«

Diese Worte hatten Wang Djiú-Mas Herz so beruhigt und versöhnlich gestimmt, daß sie ohne weiteres ihre Zustimmung gab.

Liú Sse-Ma ging um das Geld, wog ein Päckchen nach dem andern ab und übergab es ihr, desgleichen auch das ungemünzte Gold, die Perlen, den Jade und die sonstigen Kostbarkeiten, welche, wie schon erwähnt, den anderen Teil der Lösungssumme bildeten.

»Das habe ich alles mit Absicht so gemacht, liebe Schwester,« sagte sie zu Wang Djiú-Ma. »Ich habe absichtlich etwas mehr auf den Preis angerechnet. Bei anderen müßte ich's freilich um einige zehn Taels billiger lassen.«

Wang Djiú-Ma – obgleich ebenfalls Bordellwirtin wie ihre Freundin – war, wo es sich nicht um Geld handelte, eine ziemlich einfältige und harmlose Person, die sich ganz auf das verließ, was Liú Sse-Ma sagte, und alles von ihr unbedingt annahm. Als Liú Sse-Ma also das Geld in Frau Wangs Händen sah, ließ sie, ohne Zeit zu verlieren, durch einen Schreiber, der rasch herbeigerufen wurde, die Heiratsurkunde aufsetzen und übergab sie Meï-Niáng, welche erklärte, sie möchte gerade die Anwesenheit ihrer Tante benutzen, um sich von ihren Pflegeeltern zu verabschieden, ehe sie das Haus verlasse.

»Ich möchte ein, zwei Tage bei der Tante wohnen, um einen glücklichen Tag für meine Vermählung zu wählen; nur weiß ich noch nicht, ob Sie damit einverstanden sind.«

Liú Sse-Ma war dieses Verlangen nicht gerade angenehm. Sie fürchtete noch immer, Wang Djiú-Ma könnte ihre Gesinnung ändern und Reue über diesen Schritt empfinden, hätte es daher am liebsten gehabt, wenn Meï-Niáng gar nicht erst in ihr Haus gekommen, und die ganze Geschichte schon aus der Welt gewesen wäre. Da sie aber von Meï-Niáng sehr viel Geschenke zum Dank für ihre Bemühungen erhalten hatte, sagte sie freundlich:

»Wenn's sein muß, recht gern! Komme nur.« –

Sofort packte Meï-Niáng in ihrem Zimmer alles zusammen, was ihr selbst gehörte: Kammhalter, Besuchskästen, Koffer, Decken und vieles andere mehr, ohne aber auch nur den kleinsten Gegenstand zu berühren, welcher Eigentum der Bordellwirtin war. Das Packen war beendet, und Meï-Niáng verließ hinter Liú Sse-Ma die Räume, die sie solange bewohnt hatte, um sich von ihrem falschen Vater, ihrer falschen Mutter mit tiefen Verbeugungen zu verabschieden und auch ihren bisherigen Kameradinnen einige freundliche Worte zuzurufen.

Wang Djiú-Ma schluchzte sogar einigemal, während Meï-Niáng rasch einen Mann herbeirief, der ihr die Koffer tragen sollte, und hocherfreut mit einem seligen Gefühl der Freiheit in die Sänfte stieg, welche sie mit Liú Sse-Ma zu deren Wohnung trug.

Dort wurde ein schönes stilles Zimmerchen ausgeräumt, um Meï-Niáng und ihre Sachen unterzubringen, und als das geschehen war, kamen alle Mädchen des Hauses herbei, um dem glücklicheren Gast zu gratulieren.

Denselben Abend schickte noch Dschu-Dschung seinen alten Gehilfen Hsing-Schan zu Liú Sse-Ma, um Nachrichten einzuholen. Durch ihn erfuhr er dann, daß Meï-Niáng sich bereits losgekauft hatte und nicht mehr bei Frau Wang war. – Er wählte also einen glücklichen Tag und holte unter Flöten- und Trommelspiel seine Gattin ein, wobei Liú Sse-Ma als »große Vermittlerin« den Brautzug selbst begleitete. – So feierten Dschu-Dschung und seine Blumenkönigin im hochzeitlichen Gemache unter Blumen und Kerzenschimmer ihre Vermählung, und ihre Freude war grenzenlos. – – –

»War das Vergnügen auch nicht mehr neu – die Lust
dieser beiden
stand einer bräutlichen Nacht an Freuden in nichts zurück.«

Am folgenden Morgen baten der alte Hsing-Schan und seine Frau darum, die Neuvermählte kennen zu lernen.

Kaum hatten sie sich aber gesehen, als ein freudiger Schreck die so lange Getrennten durchzitterte. Mit geöffnetem Mund standen sie da, regungslos, bis der Bann gewichen war. Dann folgte ein leidenschaftliches Fragen, und nachdem der erste Drang, über die Geschicke des andern etwas zu erfahren, befriedigt war, stürzten sich Vater, Mutter und Tochter in die Arme und umhalsten sich laut weinend.

Jetzt erst begriff Dschu-Dschung, daß er die Eltern seiner Frau vor sich hatte. Als sich seine Überraschung gelegt hatte, bat er sie, auf dem höhergelegenen Ehrensitze Platz zu nehmen, und beide Neuvermählte stellten sich in aller Form ihren Eltern vor, indem sie wiederholt tiefe Verbeugungen machten.

Als die Nachbarn das erfuhren, waren sie nicht minder verblüfft.

Ein großes Festmahl wurde an diesem Tage bereitet, um den doppelt freudigen Anlaß würdig zu feiern; man trank Wein, schwelgte in ausgelassener Freude und ging erst in später Nacht auseinander. Nach drei Tagen ließ Meï-Niáng durch ihren Mann reiche Geschenke an jede der ihr seit langer Zeit bekannten Familien verteilen, um ihnen so die Liebenswürdigkeit zu vergelten, mit der sie ihre Sachen aufbewahrt hatten, und gleichzeitig ihre Verheiratung mitzuteilen.

Ein Zeichen dafür, wie sorgfältig sie alles, wenn einmal begonnen, auch zu einem guten Ende zu führen wußte! Wang Djiú-Ma und Liú Sse-Ma, jede erhielt ihr Geschenk, und keine war, die sich nicht herzlich bedankte.

Einen vollen Monat später öffnete Meï-Niáng ihre Koffer, in welchen lauter gelbes Gold und weißes Silber, Damast aus Ssú-Dschoú und Brokat aus Sse-Tschuán lag, deren Wert – wie? nur nach Hunderten von Taels zu berechnen war? – nein! – dreitausend und mehr machte alles zusammen!

Und die Schlüssel zu diesen Schätzen übergab sie alle ihrem Manne, damit er allmählich Häuser und landwirtschaftliche Grundstücke ankaufe und so das Familienvermögen sicherstelle.

Den Ölladen verwaltete von nun an sein Schwiegervater Hsing-Schan allein, und es dauerte kaum ein Jahr, da hatte er die Vermögensverhältnisse der Familie mit seiner Hände Arbeit zu solcher Blüte emporgebracht, daß man nur noch Dienern und Dienerinnen zu befehlen brauchte, und es in allem sehr fein herging.

Dschu-Dschung dankte Himmel und Erde, und die Götter segneten sichtlich seine Tugend. Er beschloß, jedem Tempel und jedem Kloster frommen Herzens ein Bündel wohlriechender Kerzen für sämtliche Hallen zu weihen und Öl für seine gläsernen Lampen auf die Dauer von drei Monaten. Dann fastete er und badete, um persönlich daranzugehen, die Weihrauchopfer darzubringen und seine Gebete zu sprechen. Mit dem Dschau-Tjing-Tempel beginnend, wallfahrtete er hintereinander zu den heiligen Stätten Ling-Yin, Fa-Hiáng, Djing-Tse und Tién-Dschu. Unter ihnen möchte ich aber nur bei letzterem etwas verweilen. Der Tién-Dschu-Tempel, der allerbarmenden Göttin Guán-Yin geweiht, welcher hier besonders große Weihrauchopfer dargebracht wurden, bestand aus drei Komplexen, dem Oberen, Mittleren und Unteren Tién-Dschu-Tempel, in denen sich eine Unmenge von Weihrauchfeuern befanden. Da man aber die Bergpfade nicht mit Booten und Rudern zurücklegen konnte, ließ Dschu-Dschung seine Diener eine Last wohlriechender Kerzen und drei andere klaren Öls tragen, während er selbst eine Sänfte bestieg und sich auf den Weg machte.

Zunächst stieg er zum Oberen Tién-Dschu-Tempel, wo ihn die Priester des Buddha begrüßten und nach der großen Halle führten, in welcher der alte Sakristan Tjin Kerzen anzündete und den Weihrauch nachfüllte. Damals war Dschu-Dschungs Wesen schon sehr verändert. Er hatte sich ein anderes Benehmen, andere Manieren angewöhnt, und in seinem Äußeren erinnerte gar nichts mehr an das Gesicht und die Augen des kleinen Knaben. Wie hätte also der alte Tjin in ihm seinen Sohn wiedererkennen sollen? Weil aber auf den Ölfässern in riesengroßer Schrift die Zeichen »Tjin« und »P'i-Leáng« standen, kam ihm das sehr seltsam und wunderbar vor.

Ist es nicht auch ein vom Himmel gefügter glücklicher Zufall, daß er gerade für den Weg nach dem Oberen Tién-Dschu-Tempel diese beiden Ölfässer mitgenommen hatte?!

Inzwischen war Dschu-Dschung mit dem Darbringen des Weihrauches fertig geworden; der alte Tjin brachte ein Tablett mit Tee herbei, um es dem Abt mit ehrfürchtiger Miene zu präsentieren.

»Ich wage nicht, den gnädigen Herrn Abt mit einer Bitte zu belästigen,« begann der Alte, von einer begreiflichen Neugier getrieben. »Aber – wie kommen die drei Zeichen auf jene Fässer dort?«

Als Dschu-Dschung aus der Stimme des Fragenden Anklänge an den Dialekt der Leute aus P'i-Leáng heraushörte, wurde er aufmerksam und fragte schnell: »Ehrwürdiger Sakristan, wie kommen Sie auf die Frage? Sind Sie etwa auch aus P'i-Leáng?«

»So ist es,« erwiderte der Alte.

»Wie lautet Ihr Familien- und Zuname; weshalb sind Sie hier und wie lange ist es her, seit Sie Mönch geworden sind,« fragte Dschu-Dschung sich fast überstürzend.

Und der Alte nannte Namen und Heimatsdorf, indem er ganz bestimmte Angaben machte. Er sei in dem und dem Jahre auf der Flucht vor den Rebellen hierhergekommen, und da er nicht gewußt, was er hätte anfangen sollen, habe er seinen dreizehnjährigen Sohn Tjin-Dschung einem gewissen Dschu an Kindes Statt übergeben. Das sei jetzt wohl schon acht Jahre her. Da er die ganze Zeit über wegen Altersschwäche viel mit Krankheit zu tun gehabt hätte, sei er noch nicht den Berg hinabgestiegen, um über seinen Sohn einige Nachrichten einzuziehen. Kaum hatte der Alte geendet, als ihn

Dschu-Dschung, dem die hellen Tränen aus den Augen stürzten, an sich preßte und schluchzend ausrief: »Ich bin ja Tjin-Dschung, dein Sohn! Bis vor kurzem habe ich noch im Geschäft Dschus Öl ausgetragen und nur, weil ich meinen Vater suchen wollte, bin ich bis hierher gekommen.

Deshalb schrieb ich auch auf die Fässer die Zeichen P'i-Leáng und Tjin, damit sie als Erkennungszeichen dienen sollten. Daß wir uns hier getroffen haben, ist wirklich eine Fügung des Himmels!«

Als die Priester vernahmen, daß Vater und Sohn nach acht Jahre langer Trennung wieder zusammengekommen waren, gab es nur eine Stimme der Verwunderung. Dschu-Dschung ließ an diesem Tage im Oberen Tién-Dschu-Tempel eine Pause in seinem frommen Werke eintreten und übernachtete bei seinem Vater, wo jeder ausführlich über seine Erlebnisse berichtete. Am folgenden Tage setzte er dann seine Wanderung nach dem Mittleren und Unteren Tién-Dschu-Tempel, zwei entfernten Klöstern, fort. In einem von ihnen änderte er seinen Namen in Tjin-Dschung, nahm also seinen ursprünglichen Familiennamen wieder auf, und, nachdem er an beiden Orten Weihrauch gebrannt und den Göttern seine Verehrung erwiesen, kehrte er zum Oberen Tién-Dschu zurück, von dem Wunsche beseelt, seinen Vater zu bewegen, doch in sein Haus zu kommen, wo er in Frieden und Freude, von seinem Sohne verehrt, leben könnte.

Der alte Tjin indessen, der sich in der langen Zeit seit seinem Eintritt ins Kloster an fleischlose Kost und die stille Zurückgezogenheit des weltabgeschiedenen Ortes gewöhnt hatte, wollte seine Tage im Kloster beschließen und mochte am Ende seines Lebens nicht mehr dem Sohne in sein Haus folgen.

Als aber Tjin-Dschung unter Hinweis auf die achtjährige Trennung sich beklagte, er hätte seinem Vater so lange keine kindliche Verehrung erweisen können, und ihm ferner mitteilte, er habe eben eine Gattin heimgeführt, die sich auch ihrem Schwiegervater vorstellen müßte, blieb dem Alten nichts übrig, als seinem Wunsche zu entsprechen. So rief Tjin-Dschung fröhlich seine Sänfte und ließ den Vater Platz nehmen, während er selbst zu Fuß nebenher ging, bis sie endlich zu Hause anlangten.

Hier übergab er seinem Vater ein Bündel neuer Kleider, und verwandelte die mittlere Halle in einen Raum mit erhöhtem Ehrenplatz, vor dem er mit seiner jungen Frau dem Vater in aller Form die schuldigen Ehren erwies. Der alte Hsing und seine Frau, eine geborene Yüán, alle kamen, um der Zeremonie beizuwohnen, welcher ein großes Festmahl folgte. Seinen Gelübden getreu, war aber der alte Tjin nicht zu bewegen, wieder Fleischspeisen zu essen oder Wein zu trinken: er begnügte sich wie bisher mit vegetarischer Kost. Tags darauf erschienen die Nachbarn, welche Geld gesammelt hatten, und »wogen« ihre Glückwünsche zu dem so freudigen vierfachen Anlaß den Neuvermählten und allen ihren Angehörigen zu. In der Tat, es war ein seltener Zufall des Glücks, daß alle diese vier freudigen Ereignisse zusammentrafen: Vermählung der Liebenden, Wiedervereinigung der jungen Frau mit ihren Eltern, Wiedersehen des Sohnes mit seinem Vater und die Rückkehr der Ahnen!

So saß man denn auch ununterbrochen viele Tage bei Wein und leckerem Mahl zusammen.

Nachdem das Fest vorüber war, wollte der alte Tjin nicht länger verweilen; denn er sehnte sich nach dem Tién-Dschu-Kloster, dem ihm liebgewordenen, vertrauten Flecken Erde, wo er in aller Stille und Zurückgezogenheit, fern von den Menschen leben konnte.

Tjin-Dschung wagte nicht, sich dem Willen des Vaters zu widersetzen; er schenkte also dem Kloster zweihundert Taels, damit an ruhiger Stelle ein Häuschen für ihn allein gebaut würde, und begleitete ihn dorthin. Was er täglich brauchte, schickte er monatlich an den Tempel, und alle zehn Tage machte er sich selber dorthin auf, um nach ihm zu sehen, während seine Frau zu jeder Jahreszeit einmal mitging, um ihm ihre Aufwartung zu machen und sich nach seinem Wohlbefinden zu erkundigen.

Der Alte lebte über achtzig Jahre. Eines Tages war er verschieden, aufrecht auf seinem Sitze hockend, wie in tiefe Beschauung versunken, ein rechter Buddhist!

Seine letzte Ruhestatt fand er auf dem Berge, wo er sich so wohlgefühlt.

Das sind alles aber nur gleichgültige Dinge. Ich habe nur noch zu bemerken, daß Tjin-Dschung und seine Frau beide ein hohes Alter erreichten. Zwei Kinder waren ihnen geboren worden, welche beide studierten und es zu hohem Ansehen und großer Berühmtheit brachten.

Und bis zum heutigen Tage hat sich an den Orten des rauschenden Sinnengenusses das geflügelte Wort erhalten, das man im Scherz immer wiederholt, wenn jemand ein besonders hilfsbereites und mitfühlendes Herz gezeigt hat:

Man nennt ihn dann: einen »Tjin« oder einen »Ölhändler«! –

Ein Gedicht ist mein Zeuge:

> »Kommt mit dem Frühling die Liebe gezogen,
> Duften viel Blümlein in Wiese und Hain.
> Schmetterlinge und Bienen sich streiten
> Bunt durcheinander in sonnigen Weiten,
> Sammeln des Frühlings Genüsse ein.
>
> Trauer bedrückt meine sehnende Seele,
> Denk' ich an unseren Frühlingstraum dann:
> Nicht ein einziger von uns Reichen
> Kann sich an Liebesfreuden vergleichen
> Mit dem einfachen Handelsmann.«

Über tredition

Eigenes Buch veröffentlichen

tredition wurde 2006 in Hamburg gegründet und hat seither mehrere tausend Buchtitel veröffentlicht. Autoren veröffentlichen in wenigen leichten Schritten gedruckte Bücher, e-Books und audio-Books. tredition hat das Ziel, die beste und fairste Veröffentlichungsmöglichkeit für Autoren zu bieten.

tredition wurde mit der Erkenntnis gegründet, dass nur etwa jedes 200. bei Verlagen eingereichte Manuskript veröffentlicht wird. Dabei hat jedes Buch seinen Markt, also seine Leser. tredition sorgt dafür, dass für jedes Buch die Leserschaft auch erreicht wird.

Im einzigartigen Literatur-Netzwerk von tredition bieten zahlreiche Literatur-Partner (das sind Lektoren, Übersetzer, Hörbuchsprecher und Illustratoren) ihre Dienstleistung an, um Manuskripte zu verbessern oder die Vielfalt zu erhöhen. Autoren vereinbaren direkt mit den Literatur-Partnern die Konditionen ihrer Zusammenarbeit und partizipieren gemeinsam am Erfolg des Buches.

Das gesamte Verlagsprogramm von tredition ist bei allen stationären Buchhandlungen und Online-Buchhändlern wie z. B. Amazon erhältlich. e-Books stehen bei den führenden Online-Portalen (z. B. iBookstore von Apple oder Kindle von Amazon) zum Verkauf.

Einfach leicht ein Buch veröffentlichen: **www.tredition.de**

Eigene Buchreihe oder eigenen Verlag gründen

Seit 2009 bietet tredition sein Verlagskonzept auch als sogenanntes "White-Label" an. Das bedeutet, dass andere Unternehmen, Institutionen und Personen risikofrei und unkompliziert selbst zum Herausgeber von Büchern und Buchreihen unter eigener Marke werden können. tredition übernimmt dabei das komplette Herstellungs- und Distributionsrisiko.

Zahlreiche Zeitschriften-, Zeitungs- und Buchverlage, Universitäten, Forschungseinrichtungen u.v.m. nutzen diese Dienstleistung von tredition, um unter eigener Marke ohne Risiko Bücher zu verlegen.

Alle Informationen im Internet: **www.tredition.de/fuer-verlage**

tredition wurde mit mehreren Innovationspreisen ausgezeichnet, u. a. mit dem Webfuture Award und dem Innovationspreis der Buch Digitale.

tredition ist Mitglied im Börsenverein des Deutschen Buchhandels.

Dieses Werk elektronisch lesen

Dieses Werk ist Teil der Gutenberg-DE Edition DVD. Diese enthält das komplette Archiv des Projekt Gutenberg-DE. Die DVD ist im Internet erhältlich auf **http://gutenbergshop.abc.de**

Zeitfracht Medien GmbH
Ferdinand-Jühlke-Straße 7
99095 Erfurt, Deutschland
produktsicherheit@kolibri360.de